W0200689

RÊVER À LIVRE OUVERT...

Vous venez d'ouvrir un roman Harlequin, et aussitôt, un souffle d'une ineffable douceur a balayé la réalité du moment...

Vous êtes sur un nuage blanc, imperceptible et blanc.

Il vous transporte dans un univers tout blanc, parmi les gens en blanc...

Ah! vous le savez déjà, c'est un voyage Série Blanche.

Là, rendue invisible par quelque fée, vous ouvrez grand les yeux et vous rêvez : tout se fait tendre, merveilleux, trois mots magiques régissent cet univers de bonheur... « Je vous aime »...

Trois mots, une Collection.

Série Blanche pense à vous...
Laissez-vous rêver le temps d'un roman.

La voix de la raison

Judith Worthy

ÉDITIONS HARLEQUIN

Cet ouvrage a été publié en langue anglaise sous le titre :

SISTER IN CHARGE

48, av. Victor-Hugo, Paris XVIe – Tél. 500-65-00.
ISBN 2-86259-972-7
ISSN 0223-5056

1

Dilys Davies calcula dans sa tête qu'elle n'était pas revenue au Pays de Galles depuis au moins dix ans. La dernière fois, elle était encore adolescente, et était venue passer sa convalescence à Marshdale, après de sévères fièvres de croissance. C'était là qu'elle avait retrouvé la santé, grâce aux soins experts de tante Gladys, et que lui était venue sa vocation d'infirmière. Elle ne l'avait jamais regretté depuis. Son seul regret, c'était d'avoir différé son retour jusqu'à ce qu'il fût trop tard.

Le crépuscule teintait les collines de rose, rehaussait le vert de la végétation et les ombres froides des vallées.

La route était étroite et battue par les vents. Des agneaux nés au printemps paissaient près de leurs mères et gambadaient dans les prés. Les vaches, rassemblées près des clôtures semblaient bavarder entre elles, et jetaient un regard blasé sur la petite voiture jaune de Dilys. Les arbres étaient encore dénudés pour la plupart, mais çà et là, un bouquet de feuilles d'un vert tendre annonçait l'arrivée de la nouvelle saison.

Dilys poussa un profond soupir. Tante Gladys ne serait plus là, cette fois, pour l'accueillir... Sa marraine, qu'elle appelait tante Gladys depuis toujours, venait de mourir brutalement d'une crise cardiaque, quelques semaines auparavant. Dilys était alors sur le chemin du retour de son voyage en Afrique. Elle n'avait appris la triste nouvelle qu'à son arrivée à Londres. Elle n'allait pas tarder à subir un autre choc aussi inattendu, en ouvrant la lettre envoyée par le notaire de sa marraine, qui lui apprit que tante Gladys, avant de mourir, lui avait légué Marshdale, la maison de santé qu'elle dirigeait depuis de nombreuses années.

— Pourquoi à moi? avait-elle demandé à ses parents. Je la connaissais à peine, et nous nous sommes vues si rarement!

En fait, elles ne s'étaient vues que deux ou trois fois depuis sa convalescence à Marshdale. La première fois, lorsque sa marraine était venue à Londres spécialement pour fêter la réussite de son diplôme d'infirmière, et la seconde fois, juste avant son départ pour l'étranger où elle avait accepté un poste. Tante Gladys avait elle-même travaillé plusieurs années à l'étranger, avant d'acheter un vieux manoir du Pays de Galles, qu'elle avait converti en maison de santé. Elle avait encouragé Dilys à parcourir le monde et à acquérir le maximum d'expérience.

— Elle était ta marraine, et le fait que tu sois infirmière lui plaisait énormément, sans doute, dit son père.

Dilys avait souri, mais s'était soudain sentie accablée par cette responsabilité. Qu'allait-elle faire de cet héritage inattendu?

— La meilleure solution, avait conclu son père de façon pratique, c'est que tu ailles en parler avec son notaire, M. Powell. Je suis convaincu qu'il sera de bon conseil. Mais ne fais que ce qui te semble bon pour toi.

Ce qui était plus facile à dire qu'à faire... Trois choix étaient possibles. Le premier, vendre Marshdale, était tentant. Cet argent lui donnerait encore plus de liberté qu'elle n'en avait déjà. Le second, le faire gérer par quelqu'un, n'était pas inintéressant non plus. Comme l'avait souligné sa mère, qui sait ce que l'avenir pouvait lui réserver? Si elle le vendait maintenant, elle pourrait regretter plus tard cette décision hâtive. La troisième possibilité en était à peine une. Dilys se voyait mal, à vingt-six ans, diriger une maison de santé de trente lits, entourée de malades chroniques, de moribonds et de vieillards impotents, dans un coin perdu du Pays de Galles... Elle sentait toutefois que les deux premières solutions étaient une sorte de trahison du pacte implicite, bien qu'informulé, qui la liait à sa marraine.

Tante Gladys avait attaché une très grande importance à Marshdale. Elle ne s'était jamais mariée, consacrant sa vie à son travail d'infirmière, et ces dernières années elle avait voué toute son énergie à sa maison de santé dont elle était très fière. Dilys savait, au plus profond d'elle-même, que sa marraine espérait qu'elle poursuivrait la tâche qu'elle-même avait entreprise. Une petite voix lui disait aussi qu'en souscrivant à ce désir, elle compenserait ainsi, dans une certaine mesure, sa négligence envers elle.

Elle était en train de soupeser ces problèmes, lorsque son attention fut attirée par un mouton errant sur la route, juste devant sa voiture. Elle ne réussit à l'éviter qu'en donnant un brusque coup de volant qui l'envoya déraper sur le gravier de l'autre côté de la route. Elle avait à peine redressé son véhicule, qu'elle vit approcher une autre voiture qui roulait à grande vitesse dans la direction opposée. La route en dos d'âne fit que le conducteur ne la vit qu'au dernier moment. Un coup de frein brutal lui déchira les oreilles, et les deux automobiles parvinrent à s'éviter de justesse.

Pendant un instant, le monde parut basculer sous les yeux de Dilys. Elle pensa que la voiture allait se retourner, mais elle retomba sur ses roues, et vint s'arrêter en vibrant de toutes parts contre une haie qui bordait la route. Elle resta immobile un moment sur son siège, hébétée, se reprit rapidement et bondit de sa voiture pour voir si l'autre conducteur n'était pas blessé. Elle n'aperçut tout d'abord que le mouton qui galopait sur la route, ventre à terre. Puis un homme émergea de l'autre voiture. Elle constata avec soulagement qu'ils étaient tous les deux indemnes. Sa joie fut de courte durée. L'homme avait le visage convulsé de rage et de mépris condescendant.

— J'aurais dû m'en douter! fulmina-t-il. Encore une femme au volant!

Dilys fut clouée sur place par deux yeux profonds et noirs qui la parcoururent de la tête aux pieds, comme un objet sans valeur qu'on refuserait même si on vous l'offrait.

— Vous n'êtes pas blessée? lui demanda-t-il d'un ton rude, fortement teinté d'accent gallois. Vous avez plus de chance que vous n'en méritez!

Sa voix aurait été plaisante et musicale s'il n'avait été aussi furieux.

— Vous ne savez donc pas que l'on conduit à gauche ici? Alors, qu'est-ce qui vous a pris?...

Quelle arrogance, se dit-elle. De plus, il la prenait pour une touriste! Elle se dressa sur ses ergots.

— J'essayais d'éviter un de vos moutons qui traînait sur la route, répondit-elle avec hauteur.

Apparemment, il n'avait pas dû voir l'animal.

— Vous ne devriez pas rouler aussi vite sur une route étroite, lui fit-elle observer. Il n'est pas indispensable de foncer comme si c'était une question de vie ou de mort.

— C'est parfois nécessaire, répliqua-t-il.

Il remonta dans sa voiture, non sans l'avoir détaillée avec soin. Il avait le regard aussi acéré que la langue. Il repartit à une vitesse que l'accident qu'ils venaient d'éviter n'avait pas tempérée.

— Quelle brute! murmura-t-elle en regagnant son siège.

Elle remarqua les éraflures laissées sur la carrosserie par un fil de clôture malencontreux, et son rétroviseur brisé, sur l'aile avant. Les dégâts n'étaient pas très importants mais la contrarièrent fortement, car il n'y avait que quelques jours qu'elle possédait cette voiture.

— En plus, c'était sa faute! S'il n'avait pas foncé à cette allure!

Elle s'indignait encore en arrivant à Mafonwyd, le village le plus proche de Marshdale, où elle avait l'intention de séjourner, le temps de régler les affaires de tante Gladys avec le notaire. Elle arrêta sa voiture devant le seul hôtel de la ville, le *Llewellyn Arms.* C'était un bâtiment de granit d'un gris austère, à pignons, et au toit sombre. Mais ses fenêtres répandaient une chaude lumière. Une pancarte annonçait : « Le restaurant est ouvert au public ».

Dilys descendit de voiture et alla examiner plus attentivement les dégâts. Elle sentit un bouffée de colère l'envahir au souvenir de l'insolence de cet individu, qui l'avait traitée comme peu d'hommes avaient osé le faire auparavant.

Elle ouvrit le coffre de sa voiture, prit son nécessaire de toilette et entra dans l'hôtel. L'intérieur contrastait agréablement avec la façade plutôt morne. A en juger à la fraîcheur du papier qui tapissait les murs et à l'épaisseur de la moquette, l'hôtel avait été remis à neuf récemment, en prévision de la saison touristique.

Une femme grisonnante, à la réception, l'examina par-dessus ses lunettes cerclées de fer.

— Mon nom est Dilys Davies. J'ai téléphoné de Londres pour retenir une chambre.

— Certainement, Miss Davies, dit la femme poliment, mais avec une certaine froideur.

Son regard indiquait qu'elle savait qui était Dilys et la raison de sa visite. Elle décrocha une clé du tableau situé derrière elle et poussa le registre afin que la jeune fille y appose sa signature.

— Si vous désirez dîner, lui dit-elle, le restaurant est encore ouvert. Votre chambre se trouve à droite, en haut de l'escalier.

Elle n'avait visiblement pas l'intention de l'accompagner. Dilys prit son bagage et se rendit dans sa chambre aux rideaux fleuris, aux meubles modernes et confortables. Elle se doucha rapidement, quitta son jean et son pull pour enfiler une robe de fin lainage bleu à manches longues, à la juge évasée, et descendit dîner.

Plusieurs tables, groupées dans un coin de la salle de restaurant étaient déjà occupées, mais Dilys fut conduite à l'écart et placée derrière la table d'un jeune homme, qui lui adressa un sourire poli au passage. Elle en conclut que cette partie de la salle était destinée aux clients occasionnels, et que son voisin était, comme elle, le seul à faire partie de cette catégorie, la saison touristique n'étant pas encore ouverte. Elle observa les épaules un peu voûtées de son vis-à-vis et ses cheveux un peu longs, et se demanda qui il était, et ce qu'il faisait là. Il était probable qu'il était en train de se poser les mêmes questions à son sujet. Son attention fut brusquement détournée vers la porte d'entrée du restaurant par un rire mélodieux de femme.

Deux personnes venaient d'entrer, ou plus précisément, de faire une entrée remarquée. L'hôtesse se précipita au-devant d'eux avec déférence. Il s'agissait manifestement de clients de marque. Dilys eut un hoquet de surprise en reconnaissant l'homme qui venait de faire son apparition, qui n'était autre que le goujat qu'elle avait rencontré sur la route. Sa compagne était une jeune femme blonde comme les blés, aux traits ravissants, parfaitement fardés. Tous les regards se tournèrent vers eux et les suivirent jusqu'à la table où ils furent conduits. Dilys ne put s'empêcher d'admirer et d'envier la grâce de gazelle de la jeune femme, vêtue d'une robe aux lignes souples qui mettait sa poitrine et ses hanches en valeur. Son compagnon avait troqué son costume de tweed et ses bottes de caoutchouc contre un élégant blazer bleu, un pantalon de flanelle grise et un sweater blanc à col roulé.

Ainsi, c'était là tout l'objet de sa dangereuse précipitation! Il était pressé de rentrer se changer pour aller à un rendez-vous avec sa petite amie!... Car aux regards provocants de la blonde, Dilys était certaine qu'il ne s'agissait pas de son épouse! Après tout, c'était peut-être une question de vie ou de mort, pour lui, d'arriver à l'heure à un rendez-vous avec cette fille, car Dilys était prête à parier que sous ce charme langoureux, se cachait une volonté de fer. Elle avait l'air de quelqu'un exigeant une soumission totale à ses moindres désirs.

Malgré elle, Dilys ne pouvait s'empêcher de laisser errer son regard sur leur table. L'homme, en dépit de sa grossièreté avait quelque chose qui la fascinait et sans aucun doute, la jeune femme qui l'accompagnait subissait la même fascination. Il appartenait à cette catégorie d'hommes que l'on peut haïr et adorer en même temps. La petite fossette qui ornait son menton, sa bouche sensuelle, ses mains expressives, indiquaient un tempérament passionné. Mais quelque chose, dans ses mâchoires volontaires, montrait également qu'il était périlleux de croiser le fer avec lui.

Il dut sentir le regard de Dilys, car il leva brusquement la tête et leurs yeux se croisèrent, avant qu'elle ait eu le temps de faire mine de regarder ailleurs. Un frisson qu'elle ne put réprimer courut le long de son épine dorsale, un genre de frisson qu'elle aurait préféré ne pas lui devoir... Que lui passait-il par la tête? Il n'était pas aussi séduisant que cela! Il détourna ses yeux et chuchota quelques mots à sa compagne qui regarda dans la direction de la table de Dilys, avant de répondre quelque chose qui les fit rire tous les deux. Il devait certainement lui raconter l'accident qu'ils avaient failli avoir sur la route.

— J'ai l'impression que nous sommes un peu en quarantaine, fit une voix qui la tira de ses pensées.

Son voisin de table s'était tourné sur son siège et lui souriait. Son accent anglais indiquait qu'il n'était pas de la région.

— C'est peut-être un signe de considération, fit Dilys en lui rendant son sourire.

— Oh! Je vois ce que vous voulez dire... Un échelon au-dessus de la racaille locale...

— Mais d'un autre côté, vous avez peut-être raison, ajouta Dilys en riant. C'est peut-être de la discrimination à l'égard des... « étrangers » que nous sommes!

Le jeune homme se mit à rire de bon cœur. Il avait l'air charmant, ce garçon! On ne pouvait en dire autant de cet homme arrogant, assis à l'autre bout de la salle.

— Les endroits de ce genre sont un peu sinistres, hors saison, remarqua son voisin. Vous êtes en vacances?

— Je suis ici pour régler une affaire, répondit Dilys, ne souhaitant pas entrer dans les détails.

— Moi de même. Je représente une société de produits vétérinaires. Quelle est votre spécialité?

— Je ne suis pas représentante. Il s'agit d'une affaire personnelle.

— Oh!... fit-il sans insister. Voulez-vous prendre un verre au bar, quand vous aurez terminé votre café? Il n'y a pas grand chose d'autre à faire, le soir, ici...

Elle avait projeté d'aller se coucher immédiatement après dîner, mais le repas l'avait détendue, et elle se sentait beaucoup moins fatiguée.

— Pourquoi pas? répondit-elle.

Le temps s'écoula rapidement pour elle, au bar du *Llewellyn Arms,* où brûlait un feu de bois. Son compagnon, qui s'était présenté sous le nom de Ralph Waring, était charmant et bien élevé. Il lui raconta, avec un sens de l'humour très particulier, ce qu'était la vie d'un représentant en produits vétérinaires. Dilys finit par lui expliquer la raison de sa présence à Mafonwyd, et fut très heureuse de pouvoir parler de son dilemme avec quelqu'un.

Il l'observa pensivement pendant quelques instants.

— Je dois dire que le rôle d'intendante, doublé de celui d'infirmière en chef me paraît un peu écrasant pour une fille aussi jeune et aussi jolie que vous, Dilys, mais j'ai l'impression que vous êtes le genre de personne qui obéit à sa conscience, quelles que soient ses préférences personnelles.

— Vous me connaissez à peine! lui fit-elle observer en riant.

— Je suis prêt à parier que vous serez encore ici à mon prochain passage.

— D'accord! Topons-là! Et si je suis encore là, c'est moi qui vous inviterai à prendre un verre!

Il partit renouveler les consommations pour sceller leur accord. Dilys se replongea dans d'intenses réflexions. Avait-elle vraiment envie, dès à présent, d'assumer la direction d'une maison de santé? Elle eut un recul instinctif. En fait, elle n'avait nulle envie d'être encore là au retour de Ralph! Tante Gladys l'aurait certainement compris...

Des voix la tirèrent de ses pensées. Deux hommes étaient assis derrière elle. L'un d'eux venait de prononcer le nom de Marshdale, et c'était ce qui avait attiré l'attention de Dilys.

— Alors, vous en avez parlé à Powell, Major? fit l'un des deux hommes, avec un accent gallois.

— Il n'a pas été très enthousiaste. Il m'a conseillé de m'attaquer à la fille moi-même...

— Il va sûrement la dissuader de vendre. Je suppose qu'il est contre ce projet?

— C'est un imbécile! s'exclama le Major avec humeur. Je me demande ce qu'ils ont dans la peau, ces gens-là! Ils ne comprennent pas où est leur intérêt. Par chance, la vieille fille est morte au bon moment! L'opération sera plus facile, maintenant.

L'autre n'avait pas l'air aussi confiant.

— Et que faites-vous de cette fille, sa filleule, à qui elle a légué Marshdale? J'ai l'impression que c'est un facteur inconnu?

— Plus pour longtemps, fit le Major. Elle sera là d'un jour à l'autre, selon la rumeur. Mais je suis certain que nous n'aurons pas d'ennuis avec elle. Je la persuaderai que sa tante était d'accord. Quand elle connaîtra mon offre, elle s'apercevra vite qu'elle n'obtiendra pas plus ailleurs. Non, mon cher William, pas de crainte de ce côté-là. Les jeunes femmes sont toutes matérialistes, et si on leur fait un brin de causette, très faciles à convaincre!...

— Vous devriez peut-être envoyer le Dr Lewis lui en toucher deux mots. Il paraît qu'il sait s'y prendre, avec les femmes, d'après ce qu'elles m'ont dit...

— Greg?... Comme si je ne le savais pas! Mais Caroline ne serait peut-être pas d'accord avec cette tactique. Elle préfère le voir à ses pieds! Ne vous en faites donc pas, William! Je vais régler ça en un rien de temps! Je sais comment je vais m'y prendre, avec cette fille. Vous verrez qu'elle ne sera pas aussi inébranlable que sa marraine, cette vieille Irlandaise bornée... Je ne suis pas mécontent qu'elle soit morte, si cela me permet d'obtenir ce que je veux...

— Miss Jones était très aimée, dans la région, fit l'autre d'un ton revêche.

— Mais elle était aussi têtue qu'une mule, et tout aussi exaspérante, insista le Major, au point que j'ai failli abandonner et aller chercher ailleurs. Cela aurait été une perte pour Mafonwyd, pas pour moi! Le centre de villégiature que j'ai l'intention de construire transformera cet endroit. Mafonwyd sera plus vivant, la vallée deviendra prospère, les touristes afflueront ici, la ville prendra de l'expansion...

— Il y avait foule au bar, dit Ralph en posant un verre devant Dilys. Désolé d'avoir mis si longtemps...

Il regarda le visage de la jeune fille avec attention. Elle était pâle et soucieuse.

— Vous ne vous sentez pas bien? s'inquiéta-t-il.

— ...Soyez sans crainte, William, je ne laisserai pas une petite mauviette se mettre en travers de ma route!...

Elle entendit des chaises racler le sol, et la voix des deux hommes s'estompa à mesure qu'ils s'éloignaient du bar. Dilys, encore sous le coup de la conversation qu'elle venait de surprendre, leva sur Ralph un regard absent.

— Non, non... Je vais bien, dit-elle à la hâte. Je dois être un peu fatiguée. Je pense que je vais aller me coucher après ce verre, si cela ne vous fait rien.

— Je dois m'en aller à la première heure, moi aussi, demain matin.

Ils vidèrent leurs verres et se frayèrent un chemin à travers la foule qui s'était attroupée au bar depuis le début de la soirée. La réceptionniste répondit à leur salut par un signe de tête et un murmure inintelligible, et ils se dirigèrent vers leurs chambres respectives.

— Je suis arrivée à ma chambre, dit Dilys, en haut de l'escalier. Merci pour les verres, Ralph, et pour la compagnie... Bonne nuit.

— J'espère vous revoir à mon prochain passage... Bonne nuit, Dilys.

Étendue dans son lit, elle se dit qu'après tout, Ralph avait peut-être raison. Elle venait de prendre sa décision, ou plutôt, on venait de l'obliger à la prendre. Ralph n'y était pour rien. Mais ces deux hommes, au bar, lui avaient en quelque sorte, forcé la main. Elle avait découvert que le Major, ou l'un de ses émissaires, avait dû harceler sans répit sa marraine pour qu'elle lui vende Marshdale, et qu'elle avait fermement refusé de laisser transformer un coin merveilleux des collines galloises en vaste complexe touristique!

Cette pensée la fit bouillir de rage, et elle fut surprise de constater qu'elle prenait cette affaire autant à cœur que sa marraine. Elle allait s'opposer de toutes ses forces au projet du Major! Toute idée de renoncement avait disparu de sa tête. Elle sut soudain qu'elle avait pour tâche, tout comme sa marraine, non seulement de continuer à faire vivre Marshdale, mais aussi de préserver son environnement. Le fait qu'elle n'était arrivée à Mafonwyd que depuis quelques heures n'avait rien à voir à l'affaire...

Mais elle avait une raison supplémentaire de lutter. En y songeant, elle en avait des bouffées de colère. Ah! Le Major l'avait traitée de mauviette! Elle allait lui montrer qu'il n'était pas facile de venir à bout d'elle non plus! Elle serait aussi inébranlable que tante Gladys!

2

Dilys fut réveillée par le chant des oiseaux qui s'égosillaient dans les arbres entourant l'hôtel. Elle se sentit inquiète. Tôt ou tard, il lui faudrait affronter le Major et résister à ses tentatives de persuasion et à ses pressions... Elle se demanda dans quelle mesure ces tracasseries avaient pu abréger la vie de sa marraine... A cette idée, elle se sentit plus déterminée que jamais à empêcher cet homme d'obtenir ce qu'il convoitait. Les manœuvres des individus de cette espèce méritaient d'être contrecarrées.

Elle se leva et alla à la fenêtre. Il faisait froid, mais le soleil était éclatant, et le sommet des montagnes luisait, d'un blanc scintillant, sur le bleu limpide du ciel. Elle emplit ses poumons d'air frais, et frissonna de froid et d'énervement. La journée pouvait être décisive. Elle était sûre de sa décision et absolument convaincue qu'elle ne la regretterait pas. Assez curieusement, sa conscience n'était pas en cause, uniquement. Elle savait aussi qu'elle obéissait au désir profond de faire ce que sa marraine aurait aimé qu'elle fît. Hier encore, elle avait des doutes, et la troisième solution qui lui était offerte lui paraissait la moins attrayante. Aujourd'hui, elle n'aurait pu en envisager une autre.

Elle enfila un pantalon brun confortable et un pull crème pour aller faire une promenade avant le petit déjeuner. Elle se changerait après pour aller à son rendez-vous avec M. Bryn Powell, le notaire de sa marraine.

Elle brossa ses cheveux bruns, ajouta une touche de rouge à lèvres orange pâle, sa seule concession au maquillage, se couvrit de son manteau de cuir brun, prit ses gants et descendit doucement l'escalier.

Il était encore trop tôt pour qu'il y ait quelqu'un à la réception, mais la porte de l'hôtel était ouverte, et des bruits étouffés arrivaient des parties reculées de la maison. Dilys se dirigea d'un pas vif vers l'église située au bout de la rue principale, au milieu d'un petit cimetière caché par les chênes et les ifs. Les taches jaunes des forsythias brillaient comme des soleils à l'entrée de l'église. Dilys flâna au milieu des tombes et découvrit rapidement celle de tante Gladys. La terre rouge s'élevait encore en monticule, surmonté de quelques fleurs fanées. « Une de mes premières tâches, se dit-elle, sera de prendre des dispositions pour qu'une pierre tombale soit posée sur la sépulture. »

Elle se recueillit tristement sur la tombe, regrettant sa négligence, se souvenant de la bonté de tante Gladys lorsqu'elle avait été malade. Quels moments agréables elle avait passés avec elle, le soir, au coin du feu, à parler travail et voyages. Elle avait été son inspiratrice. Elle regretta qu'il fût trop tard pour lui dire à quel point elle lui en savait gré. Tout ce qu'elle pouvait faire à présent pour payer sa dette, c'était de faire ce que tante Gladys espérait de son vivant, c'est-à-dire, prendre sa place.

« Je suis peut-être un peu comme elle », se dit Dilys. « Elle a d'abord exercé son métier à l'étranger pendant quelques années, dans différents pays, avant de s'installer ici. Je suis peut-être faite sur le même moule, et à point pour m'installer ici aussi. Quoi qu'il en soit, c'est à présent mon plus cher désir... »

Elle alla cueillir trois narcisses sauvages qu'elle posa sur la tombe. Tante Gladys les adorait. Ils poussaient partout au printemps, et Dilys se souvint qu'au cours de sa convalescence, elle en avait vu dans toutes les chambres.

« Ne t'inquiète pas, tante Gladys, » murmura-t-elle. « Je ne vendrai pas Marshdale à cet horrible individu. Je ne te laisserai pas tomber!... »

En remontant la rue pour regagner l'hôtel, elle aperçut son reflet dans la glace d'un magasin et s'arrêta pour s'examiner d'un œil critique. Elle se trouva ridiculement jeune, avec ses joues roses et ses cheveux noirs ébouriffés par le vent. Elle ressemblait davantage à une écolière qu'à une femme adulte. Elle se sentit le cœur un peu plus léger lorsqu'elle fut installée devant son petit déjeuner. Ralph Waring fit son apparition et vint s'asseoir à sa table. Dilys intercepta le regard désapprobateur de la réceptionniste, tandis que la serveuse les regardait l'un après l'autre, avec un sourire entendu et chaleureux.

Lorsqu'elle disparut, Ralph se pencha vers Dilys d'un air confidentiel.

— J'ai bien peur d'avoir ruiné votre réputation en m'asseyant à votre table! Pour certaines personnes, une telle intimité au petit déjeuner ne peut signifier qu'une seule chose...

Dilys ne put s'empêcher de rougir. Cette idée ne l'avait même pas effleurée.

— Vous croyez? s'exclama-t-elle. La patronne a l'air un peu pincée...

— Dois-je retourner à ma table? demanda Ralph avec un rire étouffé.

Ne dites pas de sottises! Ils vont penser que nous nous sommes disputés!

Ralph finit de déjeuner avant elle et se leva de table pour aller donner quelques coups de téléphone urgents.

Bonne chance! lui souhaita-t-il. Je ne reviendrai pas avant quelques semaines. J'espère vous trouver ici à mon retour...

— J'ai pris ma décision. Je reste. Bonne chance aussi, Ralph! J'espère que vous ferez de bonnes affaires...

Merci!

Il se pencha vers elle, d'un geste spontané, et déposa un baiser sur sa joue.

— Elles auront de quoi parler, maintenant! lui chuchota-t-il malicieusement à l'oreille avant de partir.

Dilys fut un peu gênée par cette marque de familiarité. Elle termina son déjeuner à la hâte, tant elle se sentait embarrassée et s'esquiva dans sa chambre pour se changer. Elle mit son tailleur bleu marine bien coupé, un chemisier blanc, ses souliers assortis à son sac et sourit à son reflet dans le miroir de sa chambre. C'était la première fois qu'elle portait cet ensemble au charme duquel elle avait succombé, dans une des boutiques les moins chères de Paris, car il convenait aux entretiens professionnels qu'elle escomptait avoir à Londres. Il y avait si longtemps qu'elle traînait son vieux jean. Depuis son départ de Tanzanie, d'où elle était partie avec trois étudiants en médecine pour retourner en Europe.

Elle passa un peigne dans ses cheveux qu'elle ramena derrière ses oreilles. L'appréhension qu'elle lut dans ses grands yeux lui déplut. Elle remarqua également le pli soucieux creusé entre ses sourcils et le léger tremblement de ses lèvres. Que craignait-elle donc? M. Bryn Powell ne représentait aucun danger pour elle. Elle ne s'était pas rendu compte à quel point sa première rencontre avec le Major l'avait exaspérée... C'était, de son propre aveu, un homme redoutable et tenace... En fait, tout ce qu'elle avait à faire, c'était de lui opposer un refus formel.

Elle arriva à neuf heures trente précises devant l'étude du notaire. Elle attendit cinq minutes dans la salle d'attente lambrissée de chêne, aux chaises de cuir marron, aux tentures et à la moquette assorties. Même sa secrétaire, Miss Mostyn, avait les cheveux marron, tout comme sa jupe et son pull. Elle se confondait presque avec les boiseries. Un bouquet de primevères constituait la seule tache de couleur de la pièce et semblait défier avec insolence tout ce marron, sous le rayon de soleil qui filtrait à travers les rideaux.

— Chère Miss Davies...

Dilys n'avait pas entendu s'ouvrir la porte capitonnée.

Elle vit le notaire venir à sa rencontre. Elle se leva et serra la main qu'il lui tendait, les yeux vigilants derrière ses lunettes à monture d'écaille. C'était un homme de taille moyenne, d'une quarantaine d'années, légèrement chauve.

— Entrez dans mon bureau, lui dit-il. Ne me passez pas les appels téléphoniques, Miss Mostyn, je n'y suis pour personne... Asseyez-vous, je vous en prie, fit-il dès qu'ils furent dans son bureau aussi marron que le reste, où cette fois, la seule touche de couleur provenait des rubans attachant les dossiers, empilés jusqu'aux moindres recoins, et à même le sol.

Bryn Powell ferma la porte et prit place derrière son vaste bureau bien ciré. Il regarda Dilys d'un air solennel pendant quelques instants.

— J'espère que vous êtes confortablement installée, au *Llewelyn Arms*? finit-il par dire.

— Parfaitement, je vous remercie.

— Je suis profondément désolé pour votre marraine, Miss Davies. C'était une personne très aimée et très respectée. Elle nous manquera beaucoup. Elle avait le sens de la perfection, pour tout ce qu'elle faisait, et un dévouement inlassable, pour toutes les bonnes causes.

— Merci, monsieur Powell, je suis heureuse de l'entendre.

Il croisa les mains sur son bureau et l'observa à travers ses lunettes, comme s'il ne croyait pas tout à fait à son existence.

— Bien, dit-il après un moment de réflexion. Il reste quelques points à préciser, quelques papiers à signer, mais rien de très compliqué.

Il prit plusieurs dossiers placés à portée de main.

— Je pense que vous savez que la validation du testament prendra un certain temps?

— Oui, bien entendu.

— Ce qui ne veut pas dire que vous ne pourrez pas vendre entre-temps, si vous le souhaitez. Il existe beaucoup d'acquéreurs désireux d'acheter une maison de santé aussi réputée que Marshdale. Si je peux me permettre de vous suggérer...

— Je ne désire pas vendre, monsieur Powell, l'interrompit Dilys d'un ton ferme. J'ai décidé de poursuivre la tâche de ma marraine, et de diriger Marshdale moi-même.

— Vous! s'exclama-t-il, abandonnant toute civilité professionnelle pour la fixer d'un air stupéfait. Mais enfin... euh... Miss Davies... N'est-ce pas là une décision un peu hâtive?...

— Hâtive? Non... Rapide, à la rigueur.

— C'est une grosse responsabilité que de diriger une maison de santé, quand on est aussi jeune et...

Il semblait un peu dérouté par le cours des événements.

— Si vous voulez parler de mon inexpérience, enchaîna Dilys, je suis d'accord avec vous. Je n'ai jamais dirigé une maison de santé, mais je suis une surveillante qualifiée et mon champ d'expérience est assez étendu. Je suis convaincue que je m'en sortirai.

Une lueur d'admiration passa dans les yeux du notaire.

— Eh bien... J'avoue que je suis surpris, mais j'admire votre détermination, Miss Davies. Je trouve extraordinaire qu'une jeune femme comme vous accepte une telle responsabilité.

— Je pense que c'est ce que ma marraine désirait me voir faire, et c'est pourquoi elle m'a légué Marshdale. Elle ne voulait pas le voir transformé en centre touristique, j'en suis sûre, pas plus que moi.

Les sourcils du notaire se soulevèrent d'étonnement.

— Quelqu'un vous a déjà parlé de ce projet?

Dilys eut un sourire désabusé.

— Non. J'ai surpris quelques réflexions d'un certain Major, au bar de l'hôtel, la nuit dernière... Ses propos étaient très révélateurs.

Il tapa sur son bureau du plat de la main de façon inattendue. Son visage se fendit d'un large sourire.

— Bon sang! Le Major va voir rouge! Vous êtes bien décidée?

— Absolument, et si vous pouviez me parler un peu de ce fameux Major, je vous en serais très reconnaissante.

Il la regarda avec un sourire bizarre.

— Ma foi... J'en connais, au village, qui vont guetter votre défaite et ne vous ménageront pas, et beaucoup d'autres qui seront soulagés d'apprendre que vous avez l'intention de poursuivre la voie de Miss Jones. Inutile de vous dire que les projets du Major ont soulevé pas mal d'anxiété, à Mafonwyd. Le Major Phillipson tient dur comme fer à transformer la région en une sorte de camp de vacances, avec un lac pour faire du bateau, un terrain d'équitation, des courts de tennis, des parcours de golf, et Dieu sait quoi encore... Beaucoup d'entre nous ne souhaitent pas voir un tel projet voir le jour. Miss Jones était résolument contre. Le Major a usé de tous les stratagèmes possibles pour la convaincre, mais il a dû s'incliner. Il faut que vous compreniez que sans Mashdale, son plan ne vaut plus rien. Il possède deux propriétés, séparées par Marshdale. Aucune des deux n'est assez vaste pour mettre son projet à exécution. Il lui faut Marshdale à tout prix, non seulement à cause de sa situation géographique, mais aussi parce que le vieux manoir est idéal pour constituer le noyau de cette opération. Il serait transformé en centre de divertissements. La rivière qui traverse la propriété serait barrée pour faire un lac artificiel; enfin, c'est un projet très ambitieux, comme vous pourrez le constater...

— Que se passera-t-il, à votre avis, si je refuse?

Bryn Powell eut un rire malicieux.

— Il ne rendra pas les armes sans combattre, mais si vous tenez bon, Miss Davies, il finira peut-être par reporter ses ambitions infernales sur une autre région. En ce qui me concerne, c'est mon vœu le plus cher.

Il continua à l'observer d'un regard à la fois amusé et admiratif.

— Je ne saurais vous dire à quel point votre attitude me soulage. Il n'était évidemment pas de mon ressort de vous dissuader de vendre. Je suis le notaire de votre marraine, pas le vôtre...

— J'aimerais que vous soyez le mien aussi, dit aussitôt Dilys, si vous n'y voyez pas d'inconvénient.

Elle aimait bien cet homme et sentait qu'elle pouvait avoir confiance en lui. Il eut l'air très satisfait de sa proposition.

— Bien entendu, j'en serais ravi, ma chère amie... Mais prenez garde. Vous découvrirez que le Major est très persuasif. Il a empoisonné la vie de votre marraine à tout instant.

— Et sans aucun doute abrégé ses jours, ajouta Dilys avec amertume.

— Qui sait? Il a certainement été un souci constant pour elle, au cours des derniers mois de son existence. Elle craignait qu'il ne trouve un moyen détourné pour l'obliger à vendre contre sa volonté. Je crois qu'il lui faisait vraiment peur.

— J'aimerais monter à Marshdale ce matin. Pensez-vous que je puisse m'installer dans le cottage de ma marraine dès maintenant?

— Sans aucun doute. Rien n'a été touché depuis sa mort. Tout le personnel est resté en place. J'ai pensé qu'il serait préférable que vous preniez vous-même toute décision utile en ce qui les concerne. Tous les papiers importants de Miss Jones étaient dans mon étude. C'est une triste tâche pour vous et si vous avez besoin d'aide, ma femme...

Dilys secoua la tête, en signe de dénégation.

— C'est très gentil à vous, monsieur Powell. Je pense que je m'en sortirai très bien toute seule. J'ai emporté très peu de bagages avec moi. J'attendrai, pour faire venir le reste, d'être installée ici. Ah!... Autre chose. Qui a la charge de Marshdale, en ce moment?

— La surveillante. Son nom est Tomlin. Elle a un appartement au manoir.

— Je ne me souviens pas d'elle. Elle a été engagée récemment?

— Non. Elle est à Marshdale depuis quelques années. Elle est très compétente, d'après le Dr Lewis, qui en dit beaucoup de bien. C'est sur sa suggestion qu'elle a été promue.

— Le Dr Lewis... fit Dilys d'un air songeur. Je ne me souviens pas de lui non plus...

— Il faisait probablement encore ses études de médecine quand vous êtes venue ici la dernière fois. C'est notre généraliste local. Il est associé avec le vieux Dr Prentice. Mais Prentice a maintenant plus de quatre-vingts ans et ne fait plus grand-chose. Tout le travail repose sur les épaules du Dr Lewis. Il est particulièrement apprécié à Marshdale.

Dilys se souvint surtout de ce qu'elle avait entendu dire de lui : qu'il savait s'y prendre avec les femmes, et que cet homme, William, avait pensé utiliser ses dons pour la convaincre. Elle préféra réserver son jugement, en ce qui le concernait, et le traiter avec prudence, lorsqu'elle le rencontrerait.

— Je serai heureuse de faire sa connaissance. J'ai beaucoup de choses à lui demander au sujet des patients.

Ils bavardèrent quelques minutes de plus, après quoi Dilys lut et signa les papiers que M. Powell avait préparés à son intention. Il s'offrit à prendre les mesures nécessaires pour faire poser une pierre sur la tombe de sa marraine.

— Je reste à votre disposition, lui dit-il en se levant de sa chaise et en lui souriant avec bienveillance. Si quelque chose vous préoccupe, n'hésitez pas à me consulter. Il faudra que vous veniez dîner chez nous, un soir, pour faire la connaissance de ma femme. Je suis sûr que vous vous entendrez très bien avec Ellen. Miss Davies, je vous souhaite toutes les chances du monde, et j'ajoute que vous avez un courage remarquable, de vous atteler à cette tâche...

— C'est mon plus cher désir. J'espère simplement en être capable.

Elle savait qu'il en doutait, et ne pouvait l'en blâmer.

Mais il ne serait peut-être pas le seul à découvrir que les apparences sont souvent trompeuses.

— Eh bien, je vais aller de ce pas me présenter à la surveillante Tomlin...

Bryn Powell la regarda d'un air étrange.

— Miss Davies... dit-il d'une voix hésitante, souvenez-vous que la frustration peut déclencher de fortes réactions et...

L'interphone se mit à bourdonner, le coupant au milieu de sa phrase.

— Oui? Qu'y-a-t-il, Miss Mostyn?

— C'est M. Jenkins! Il insiste pour vous parler, entendit répondre Dilys. Il dit que c'est urgent...

— Oh! Passez-le moi dans un instant, fit le notaire, impatienté.

Il se tourna vers Dilys.

— Désolé, ma chère... Vous voulez bien m'excuser? N'hésitez surtout pas à prendre contact avec moi en cas de besoin. Au revoir.

— Excusez-moi, lui fit la secrétaire au passage. Mais cet homme est si...

— Aucune importance. J'étais sur le point de partir.

— Vous allez à Marshdale?

— Oui.

Miss Mostyn avait un visage sympathique, et elle mourait d'envie de savoir quel sort était réservé à Marshdale. Dilys décida de laisser au notaire le soin de l'éclairer, s'il le souhaitait.

En conduisant sa voiture sur la route qui menait vers la montagne, Dilys se sentit envahie d'une sorte d'exaltation. Elle brûlait d'impatience de s'installer à Marshdale et de s'atteler à relever ce défi. Sa seule crainte était de ne pas être à la hauteur de la tâche, malgré ses qualifications et son expérience, qui pouvaient fort bien ne pas suffire à un poste de responsabilité de ce genre. Elle savait qu'en dépit de ses compliments, M. Powell la trouvait trop jeune. Le fait qu'elle était en train de sacrifier sa liberté ne souleva en elle qu'une inquiétude passagère, comme si elle était prédestinée à accomplir ce travail, et qu'elle n'avait étudié, voyagé que dans l'attente de cette responsabilité.

Ce fut dans cet état d'esprit qu'elle arriva à Marshdale. Un flot de souvenirs heureux la submergea dès qu'elle vit le vieux manoir, accroché au sommet d'une colline en pente douce, entouré d'une centaine d'acres de forêts et de pâturages, loués pour la plupart aux éleveurs de moutons de la région. La rivière serpentait toujours autour de la colline, surplombée par un pont rustique, bordée de saules et de peupliers. A sa droite, Dilys reconnut les ruines tenues pour les vestiges d'une antique tour druidique non loin de laquelle s'écoulait une source minérale naturelle, souvent fréquentée par les rhumatisants et les arthritiques, pour ses propriétés curatives. Le Major ne se priverait pas de l'exploiter et de vendre de l'eau en bouteille aux touristes, ajoutant ainsi à l'opération prévue un coquet bénéfice. Elle frissonna, révoltée.

L'endroit était d'une grande beauté. Cette paix rare, cette tranquillité, il ne fallait pas les laisser détruire. Elle se souvint que de la maison, on apercevait la mer. Elle ne fut pas déçue. Lorsqu'elle descendit de voiture, elle vit un faible scintillement dans le lointain. Derrière elle, le sommet des montagnes, couvert de neige, brillait sous le soleil. Leur éclat sauvage était presque insoutenable. Elle but avidement cette beauté des yeux et monta les marches du perron, flanqué de larges vasques remplies d'azalées en fleurs. Elle se pencha pour humer leur parfum et vit bouger un rideau. Son arrivée n'était pas passée inaperçue. Mais quelques instants s'écoulèrent avant que l'on ne vienne ouvrir la porte, en réponse à son coup de sonnette. Une femme entre deux âges, l'air cassant et efficace, en uniforme blanc recouvert d'une cape et de manchettes bleu marine, se dressa devant elle, la poche de sa blouse remplie de crayons et d'un thermomètre, un trousseau de clés accroché à sa ceinture. Elle avait l'air assez redoutable. Elle jeta sur Dilys un regard impatient, comme si son arrivée la dérangeait dans son travail.

— Bonjour, Miss Davies. Miss Mostyn a téléphoné pour annoncer votre visite.

— Vous êtes la surveillante?

La femme hocha la tête.

— Vous feriez mieux d'entrer, déclara-t-elle d'un ton rogue.

Elle était probablement inconsciente de sa brusquerie, pensa Dilys. En y réfléchissant, elle se dit qu'il était étrange de voir à quel point des infirmières totalement dévouées à leurs malades pouvaient avoir parfois l'air si inhumaines... Miss Tomlin était l'incarnation même de ce que Dilys et ses compagnes appelaient, lorsqu'elles étaient étudiantes, « le vieux dragon ». Elle retint un sourire et suivit la silhouette rigide de la surveillante, comme une stagiaire arrivant pour la première fois dans un hôpital!

L'intérieur de la maison était exactement tel qu'il était resté dans son souvenir. Vaste, accueillant et confortable, le foyer avait été un mot important pour tante Gladys. Elle avait restauré la vieille demeure abandonnée pour en faire une maison de santé reposante, aux meubles gais et de bon goût. Aucune morbidité dans l'air. L'ambiance calme et rassurante de Marshdale enveloppa soudain Dilys. Guérir était chose facile, dans cette maison. Elle admira l'envolée de l'escalier qui conduisait à la chambre qu'elle avait occupée jadis, au fond du couloir, et dont la fenêtre ouvrait sur les montagnes. Elle s'était sentie mieux dès qu'elle y était entrée.

— Je suppose que vous n'avez pas de temps à perdre et que vous voulez voir tout de suite le cottage de Miss Jones, lui dit la surveillante.

Elle observa quelques instants de silence avant d'ajouter, les yeux baissés :

— Nous avons tous été très affectés par sa disparition. Elle était un exemple pour nous.

— Je l'ai assez peu connue, répondit Dilys, et je le regrette infiniment. Je sais qu'elle était très bonne et qu'elle nous manquera beaucoup.

Miss Tomlin la regarda d'un air angoissé.

— Comme Miss Jones, je détesterais que Marshdale tombe dans de mauvaises mains...

Dilys saisit l'occasion pour la rassurer.

— Si vous voulez dire entre les mains d'un promoteur ayant l'intention de le transformer en lieu de villégiature, vous pouvez oublier vos craintes. Marshdale ne sera pas vendu, ni à lui, ni à personne d'autre.

Le soulagement de la surveillante l'emporta sur son étonnement. Elle alla même jusqu'à sourire! Il était clair que ce qu'elle craignait le plus, comme beaucoup d'autres, c'était que Dilys ne succombât aux pressions auxquelles sa marraine avait résisté. Elle en devint presque amicale.

— C'est une bonne nouvelle. Nous avons tous eu des inquiétudes, vous vous en doutez, sur le sort qui serait réservé à cette maison. Les malades et l'équipe soignante seront soulagés, et bien sûr, vous pouvez compter sur moi comme sur les autres, pour diriger la maison pour vous, avec autant de conscience que du vivant de Miss Jones.

Une petite sonnette d'alarme retentit dans la tête de Dilys. Elle se souvint du conseil de M. Powell, et de la phrase qu'il n'avait pas eu le temps de terminer, au sujet de la frustration. Faisait-il allusion à Miss Tomlin? La marche de la maison reposait pour l'instant sur ses épaules. Il était naturel qu'elle soit déçue de remettre ce pouvoir entre les mains d'une jeune infirmière ayant la moitié de son âge. Dilys hésita, cherchant le moyen de lui annoncer avec ménagement ses intentions. Elle n'en eut pas le loisir. Une infirmière surgit d'une des portes donnant dans le hall.

— Miss Tomlin! Je vous ai cherchée partout! Je ne savais pas que vous étiez occupée. M. Bryce-Anderson vient d'avoir une autre crise...

— Je viens, Julie. Voulez-vous conduire Miss Davies au cottage. Prenez cette clé...

Elle détacha une clé de son trousseau qu'elle tendit à la jeune fille, puis se tourna vers Dilys.

— Je suppose que vous en aurez pour un bon moment.

Julie vous apportera un plateau pour que vous puissiez déjeuner.

— Par ici, Miss Davies, fit la blonde infirmière aux boucles maintenues avec soin par sa coiffe bleue.

— Je peux très bien trouver le chemin toute seule, je connais la maison depuis des années.

La jeune fille la regarda en hésitant :

— Quand la surveillante a dit quelque chose, inutile de discuter, dit-elle en faisant la grimace.

Elle suivit Julie le long d'une allée mousseuse qui menait au cottage où sa marraine avait vécu. C'était une maison telle qu'on en voit sur les livres d'images, avec ses rosiers montant à l'assaut de la porte et des massifs de jonquilles sur le rebord des fenêtres. L'amour de tante Gladys pour les fleurs avait fait merveille. Elles poussaient à profusion.

— J'aimais beaucoup Miss Jones, fit soudain Julie. Elle était toujours gentille avec moi, elle ne criait jamais... Ce n'est pas comme *elle*! La vieille Tomlin est un vrai dragon!

— Ce n'est probablement pas par méchanceté!

— Oh! C'est une bonne infirmière, pour ça, rien à dire! Mais elle est aussi raide que si elle avait avalé un manche à balai, et si on veut avoir de l'avancement, c'est par elle qu'il faut passer. Mais, je ne devrais pas en parler comme cela, excusez-moi... Je vais vous ouvrir la porte de la maison...

Une légère odeur de moisi et de fleurs fanées lui parvint lorsqu'elle pénétra dans l'entrée. Il y faisait sombre, car les volets étaient fermés et les rideaux tirés.

— Je vous laisse ouvrir, fit Julie. Sinon le dragon va me tomber sur le dos. Je vous apporterai votre déjeuner quand on nous servira le nôtre...

Lorsqu'elle fut seule dans la maison, Dilys se sentit envahie d'un étrange sentiment de tristesse, mêlé d'une impression indéfinissable, comme si elle pénétrait dans un lieu auquel elle appartenait déjà. Elle referma la porte, se tint immobile dans l'obscurité pendant quelques instants, et ce fut comme si tante Gladys était venue l'accueillir elle-même.

Elle écarta les tentures, ouvrit les volets et erra dans le salon, ne sachant trop par où commencer. A présent qu'elle avait décidé de rester, rien ne pressait... Elle rangerait la maison petit à petit, quand il lui en prendrait l'envie. Tout avait été laissé exactement à la même place, depuis le décès de sa marraine.

Elle alla s'asseoir devant le bureau du salon et ouvrit la porte du petit secrétaire, net et bien rangé, avec ses paquets de lettres glissés dans les casiers et ses crayons soigneusement alignés dans un plumier. Une longue enveloppe en papier bulle attira son attention; dessus était inscrit le mot TESTAMENT. Elle l'ouvrit pensant y trouver un double du testament de sa marraine, et reçut un choc. C'était bien une copie au carbone d'un testament, mais ce n'était pas son nom qui s'étalait en lettres capitales pour désigner le principal héritier. Elle se tassa sur sa chaise lorsqu'elle lut celui de Greg Owen LEWIS. Le texte était presque identique à celui du testament dont elle avait eu connaissance, exception faite d'un petit legs qui lui était destiné. La date remontait à quelques mois. Tante Gladys avait manifestement changé d'avis par la suite. Dilys se demanda si le Dr Lewis savait qu'il avait été un jour désigné comme légataire de Marshdale. Probablement... Elle était accablée par cette découverte. Elle replaça le testament dans son enveloppe, incapable de poursuivre plus avant ses investigations, décida d'écrire à ses parents pour les mettre au courant de la décision qu'elle avait prise pour Marshdale, et ouvrit un tiroir pour chercher du papier à lettres. A sa grande surprise, elle découvrit à l'intérieur du sous-main une lettre inachevée de la main de sa marraine, datée de la veille de sa mort, et qui lui était adressée. L'écriture en était ferme presque jusqu'à la fin, puis devenait plus confuse, pour s'arrêter au beau milieu d'une phrase.

« Ma chère Dilys,

Aujourd'hui, j'ai signé un testament par lequel je te

lègue Marshdale. On ne sait jamais... Je ne voudrais pas t'inquiéter, mais j'ai eu une petite crise cardiaque, et je suis au repos forcé. Il n'y a peut-être pas là de quoi se faire du souci, mais je ne me sentirai pas en paix tant que je n'aurai pas réglé cette question, et je suis contrainte d'aller vite, si je ne veux pas courir le risque de voir Marshdale tomber entre les griffes de ce Phillipson qui ne cesse de me tourmenter pour le transformer en hideux camp de concentration pour touristes! Je n'ai même plus confiance en Greg. Si seulement il n'était pas tombé amoureux de la fille de Phillipson... Mon plus cher désir serait, évidemment, que tu continues après moi, d'autant que j'ai appris que tu étais tout à fait compétente pour prendre ma succession. Mais si ce n'est pas ta volonté, ne vois dans ce testament aucune obligation. Tout ce que je te demande, c'est de ne pas céder aux pressions de Phillipson, qui essaiera par tous les moyens de te faire vendre Marshdale. Méfie-toi de tout ce qu'il peut te dire... Ma chérie, je me sens un peu fatiguée, je pense que je finirai cette lettre...

La missive se terminait là, comme si sa marraine s'était soudain sentie réellement mal, l'avait placée dans ce sous-main et était montée directement se mettre au lit pour mourir dans son sommeil.

Les larmes de Dilys coulèrent le long de ses joues et vinrent s'écraser sur ses mains et sur la lettre qui tremblait entre ses doigts. Elle la glissa dans son sac, heureuse d'avoir pris la décision qui répondait aux désirs de sa marraine, avant même d'avoir lu cette lettre.

Un coup léger fut frappé à la porte, et Julie Ellis vint poser le plateau contenant son déjeuner sur une petite table du salon.

— Je reviendrai chercher le plateau un peu plus tard, fit-elle. Ah, oui... La surveillante m'a chargée de vous prévenir que le Dr Lewis passera dans l'après-midi...

Elle soupira d'un air rêveur avant d'ajouter :

— Ne soyez pas étonnée si vous tombez amoureuse de lui! Vous ne serez pas la première. Il n'y a pas une seule infirmière qui ne soit folle de lui! Mais il ne fait attention à personne. Il est trop pincé pour cette grande bringue de Caroline Phillipson... Mais voilà que je recommence à jacasser. Ma mère prétend que si je travaillais autant que je bavarde, je pourrais m'occuper de tout à moi toute seule. Tout le monde raconte que vous allez vendre Marshdale au Major...

— Vous pourrez dire à tous ceux que cela intéresse que c'est exactement ce que je n'ai pas l'intention de faire.

Elle hésita avant de lui annoncer qu'elle entendait aussi prendre la charge d'infirmière en chef. Il valait mieux annoncer la nouvelle elle-même à Miss Tomlin, pour ménager sa susceptibilité. Elle prévoyait quelques ennuis de ce côté-là...

Les yeux de Julie s'arrondirent d'étonnement.

— C'est bien vrai? Oh, Miss Davies... Mais c'est merveilleux! Tout le monde pensait que vous alliez vendre, et nous nous demandions tous ce que nous allions devenir. Je cours annoncer la bonne nouvelle!

Elle partit comme une flèche, et Dilys prit place devant le plateau du déjeuner. Elle n'avait pas très faim, mais la viande froide et la salade étaient savoureuses, le pain frais et croustillant, et elle se laissa tenter.

Elle décida de rapporter le plateau elle-même à la cuisine, et par la même occasion, d'annoncer à Miss Tomlin sa décision de prendre en charge la fonction d'infirmière en chef et d'emménager dans le cottage de sa marraine immédiatement. Elle irait chercher plus tard sa valise à l'hôtel et réglerait la note.

Elle prit son sac et le plateau, prête à partir, lorsqu'on frappa à la porte.

— Entrez, répondit Dilys, certaine de voir apparaître Julie.

Mais lorsqu'elle se retourna, souriante, tendant déjà le plateau, elle s'aperçut que ce n'était pas Julie qui se tenait devant la porte.

— Vous! s'exclama-t-elle, prise entre l'étonnement et la consternation.

L'homme avec lequel elle avait failli entrer en collision la veille était devant elle!

— Nom d'un chien! l'entendit-elle marmonner.

Il avait l'air aussi stupéfait qu'elle.

Un lourd silence s'établit, qu'il mit à profit pour la détailler des pieds à la tête avec une froideur clinique mieux adaptée à un diagnostic. Elle fut désagréablement surprise de constater que les battements de son cœur s'étaient accélérés. Elle croisa les doigts devant elle pour cacher leur tremblement, tandis que ses pensées se bousculaient dans sa tête. La capiteuse créature, entrevue avec lui au restaurant, ne pouvait donc être que la fille du Major...

Il entra lentement dans la pièce sans la quitter des yeux.

— C'est vous, Miss Davies! Eh bien, bonjour. Je m'appelle Greg Lewis.

— Comment allez-vous, docteur Lewis? répondit-elle d'un ton froid.

Ils n'esquissèrent, ni l'un ni l'autre, le moindre geste pour se serrer la main.

Dès le premier regard échangé entre eux, elle comprit que la guerre était déclarée.

3

Dilys ne sut jamais au juste combien de temps ils restèrent à se dévisager en silence. Mais ce furent des instants très désagréables et chargés d'électricité. Que se passait-il derrière ce masque imperturbable qu'il avait adopté, le premier choc passé? Elle aurait été incapable de le deviner. Ce qui était sûr, c'est qu'ils se détestaient déjà cordialement, et cela n'augurait rien de bon pour leurs futurs rapports sur le plan professionnel. Elle savait d'emblée qu'il aurait du mal à lui pardonner ce qu'il considérait comme une infraction grave au code de la route! Et s'il était au courant du testament initial de tante Gladys, nul doute qu'il ne lui pardonnerait jamais de l'avoir dépossédé de son héritage. C'était plus probablement ce à quoi faisait allusion M. Powell, lorsqu'il avait parlé de frustration. Celle du Dr Lewis était infiniment plus grande que celle de Miss Tomlin...

— Miss Tomlin m'a dit que vous étiez ici, finit-il par dire. J'ai pensé qu'il était préférable de venir vous parler immédiatement de l'avenir de Marshdale. Miss Jones et moi-même en avions discuté, et je pense qu'elle était très favorable à la proposition que...

— Docteur Lewis, je tiens à vous avertir tout de suite que je ne prendrai aucune proposition en considération.

Les échos de la conversation qu'elle avait surprise au bar de l'hôtel résonnaient encore à ses oreilles. Le Major avait-il envoyé son émissaire, habile à circonvenir les femmes? Qui sait s'il ne serait pas arrivé à ses fins... Par chance, le Dr Lewis s'était montré sous un jour rien moins que charmant!

— Je vois, fit-il avec un demi-sourire. Le Major Phillipson a été plus rapide que je ne le pensais.

« Il n'est donc pas émissaire », se dit Dilys. Il agissait de sa propre initiative, peut-être pour impressionner le Major... ou sa fille!

— Pas du tout! Je n'ai pas encore eu le plaisir douteux de rencontrer ce monsieur.

Il fronça les sourcils une fraction de seconde, mais elle ne put rien lire de plus sur son visage.

— Dans ce cas...

— Docteur Lewis, l'interrompit-elle à nouveau, je crains que vous ne perdiez votre temps en me parlant d'un quelconque projet concernant Marshdale.

— Surtout si vous ne me laissez pas une occasion d'ouvrir la bouche, répliqua-t-il avec une pointe d'agacement. Vous pourriez au moins vous donner la peine d'écouter ce que j'ai à vous dire et éventuellement d'en discuter...

— Non! Inutile d'en discuter. Je n'ai pas l'intention de vendre Marshdale. Je le garde, et je prends la place de ma marraine.

Le visage du Dr Lewis se transforma soudain. Sa surprise et son incrédulité se traduisirent par un seul mot, alors qu'il tentait de maîtriser un rire involontaire.

— Vous! dit-il.

— Je ne vois pas ce qu'il y a de si drôle à cela.

Il se détendit légèrement, persuadé qu'il s'agissait d'une plaisanterie.

— Votre marraine, Miss Davies, était une infirmière hautement compétente et une administratrice hors-pair, fit-il d'un ton protecteur. Il est difficile de penser que vous puissiez avoir son envergure. Vous n'avez peut-être pas estimé à sa juste valeur le poids de responsabilités que comporte cette fonction.

— Je suis infirmière, lui fit-elle remarquer.

Elle fut satisfaite de constater que son argument avait porté.

— Vraiment? Je l'ignorais. Mais vous pourriez vous apercevoir à vos dépens qu'une promotion aussi soudaine aux responsabilités d'infirmière en chef est un peu écrasante. Et si vous veniez à découvrir que vous n'êtes pas à la hauteur de votre tâche?

Il était évident que pour lui, c'était plus que probable. Elle soutint son regard avec une détermination féroce, le menton pointé en avant.

— C'est une éventualité que je me refuse à envisager.

La réponse de son interlocuteur fut aussi franche que son regard.

— Vous n'êtes pas conforme à l'idée que les gens se font d'une directrice de maison de santé, d'autant que jusqu'ici, vous n'avez pas donné de vous une image très favorable.

Dilys se trouva prise de court.

— Si vous faites allusion à l'accident que nous avons failli avoir hier soir, dit-elle avec vivacité, je trouve que votre image de marque en a souffert plus que la mienne. Si vous n'aviez pas roulé à tombeau ouvert, vous m'auriez vue à temps. Votre ravissante amie aurait attendu cinq minutes de plus. Mais peut-être avez-vous craint en l'offensant de la voir s'envoler avec quelqu'un de plus soumis?

Elle trouvait franchement abusif de le voir considérer cet incident à son désavantage, plutôt qu'à celui de cette fille!

— J'allais au chevet d'un patient dans un état critique, et ma précipitation était parfaitement légitime. Tout retard aurait pu lui être fatal. Heureusement, l'alerte était moins sérieuse que je ne le craignais. Ma vie privée n'a rien à voir à l'affaire, dit-il d'un ton las.

Elle ne trouva rien à répliquer, car elle n'avait pas envisagé cette possibilité. Mais elle n'était pas trop contrite. Il n'en restait pas moins l'homme le plus coléreux qu'elle ait rencontré.

— Je ne parlais pas de votre façon de conduire, poursuivit-il d'un ton froid, mais de votre comportement au *Llewellyn Arms.*

— Que voulez-vous dire? lui demanda-t-elle, déroutée.

— Vous êtes dans un village, Miss Davies. Les gens bavardent, surtout s'il s'agit d'une nouvelle arrivante. Les ragots vont déjà bon train, sur vous et un représentant de commerce...

— C'est grotesque! explosa-t-elle en devenant écarlate.

Il haussa les épaules.

— Les gens ont l'habitude depuis toujours de voir à la tête de Marshdale, une femme d'expérience, à la réputation irréprochable. S'ils ont une bonne raison de le penser, ils vous feront sentir que vous êtes une jeune écervelée irresponsable! A mon avis, vous n'êtes pas raisonnable de vouloir diriger Marshdale vous-même.

— Je ne vous ai pas demandé votre avis.

Il la regarda pensivement pendant un moment.

— Écoutez, miss Davies. Pourquoi ne pas être plus sensée et écouter ce que j'ai...

— Non! Je n'écouterai rien. Ma marraine m'a légué Marshdale uniquement parce qu'elle souhaitait me voir prendre sa succession, et j'obéirai à sa volonté. Je ne me laisserai pas intimider sous prétexte que vous voulez en faire je ne sais quoi. Je suis navrée, docteur Lewis. Ma décision est irrévocable. A dater d'aujourd'hui, c'est moi, l'infirmière en chef de Marshdale, et son administratrice!

Sa bouche se crispa, mais son regard témoigna, comme à contre-cœur, d'une certaine admiration.

— Très bien! Tout ce que j'ai à vous dire, dans ce cas, c'est bonne chance! fit-il en tournant les talons.

Après son départ, Dilys fut incapable de faire un geste, secouée d'un tremblement incontrôlable. Quel individu détestable, se dit-elle. Quel misogyne borné! Quel... A bout de qualificatifs, elle s'effondra sur une chaise, épuisée.

Lorsqu'elle eut un peu rassemblé ses esprits, elle décida courageusement d'affronter Miss Tomlin. Il était possible que le Dr Lewis lui ait déjà fait part de son intention.

— Vous avez déjà terminé? lui demanda cette dernière avec surprise, lorsqu'elle l'aborda.

— Non. J'ai à peine commencé, répondit Dilys. Mais si vous avez quelques instants, j'aimerais discuter de certaines choses avec vous.

— Bien sûr, fit la surveillante en lui désignant un siège. La marche de la maison vous concerne. Je tiens à vous dire, Miss Davies, que je suis d'accord pour continuer à m'en occuper et je suis certaine...

— Avant de vous laisser poursuivre, fit Dilys avec calme, je tiens à vous informer à mon tour de ce que j'ai décidé de faire. J'ai l'intention de m'installer ici et de m'occuper moi-même de Marshdale, tout comme ma marraine.

— Vous! fit-elle, aussi étonnée que Dilys l'avait prévu. Mais... Miss Davies...

Dilys profita de son hésitation pour ajouter :

— C'est la volonté de ma marraine.

Miss Tomlin l'observa, stupéfaite. Elle se reprit rapidement et cacha ses émotions sous un masque indifférent.

— Je comprends, fit-elle. Je suppose que vous vous chargerez uniquement de la partie administrative?

— Et de la partie médicale également, spécifia Dilys avec fermeté. Je suis infirmière, moi aussi, Miss Tomlin.

Cette fois, c'en était trop. Le masque de la surveillante tomba momentanément.

— Mais... Mais vous êtes si jeune, balbutia-t-elle malgré elle.

— Pas autant que j'en ai l'air, sourit Dilys, et pas aussi inexpérimentée non plus! Je comprends que le Dr Lewis et vous-même ne me croyiez pas capable d'assumer cette charge, mais ce n'était pas l'opinion de ma marraine, bien entendu.

Les lèvres de Miss Tomlin se pincèrent, mais elle ne

trouva rien à répliquer, ne pouvant critiquer Miss Jones qu'elle disait admirer. Une lueur de ressentiment se fit jour dans son regard gris pâle caché par ses lunettes, et le cœur de Dilys se serra un peu. Elle aurait dû s'y attendre, mais avoir dès le départ, à la fois le Dr Lewis et Miss Tomlin contre elle n'était pas précisément de bon augure. Elle était pourtant bien décidée à ne tenir compte ni de leurs doutes, ni de leur hostilité.

— Vous voudrez sans doute visiter la maison de santé maintenant? fit la surveillante à contre-cœur.

— Volontiers, si cela ne vous dérange pas dans votre travail.

Sentant qu'il lui fallait dégeler l'atmosphère, elle ajouta :

— Si ma décision vous déplaît, Miss Tomlin, croyez que j'en suis désolée. Vous devez comprendre que j'ai une obligation à l'égard de ma marraine. J'espère pouvoir compter sur votre aide pour me faciliter la tâche...

Elle ne reçut qu'un regard froid en échange de son sourire plein d'espoir.

— Je ferai mon devoir consciencieusement, comme je l'ai toujours fait, et comme chacun le fera, j'en suis sûre.

Dilys ne pouvait en attendre davantage de cette femme dont l'orgueil venait d'être cruellement blessé. Elle avait assumé la direction de la maison et devait se sentir humiliée d'être ainsi rétrogradée. Elle aurait aimé pouvoir panser cette blessure, mais ce n'était guère facile. Il lui restait l'espoir que le temps et une certaine diplomatie de sa part l'atténueraient. Elle suivit Miss Tomlin, le cœur lourd, pour effectuer la visite de l'établissement.

L'épreuve fut moins difficile qu'elle ne l'aurait cru. L'hostilité ouverte semblait se confiner au Dr Lewis et à Miss Tomlin. Personne ne lui laissa voir qu'elle paraissait trop jeune ou trop inexpérimentée pour sa tâche, car tous étaient soulagés d'apprendre que Marshdale ne serait pas vendu. Mais Dilys eut la nette impression que chacun réservait son jugement, en ce qui la concernait, à une exception près.

La vieille Mme Edwards, une des patientes les plus âgées de l'établissement, percluse d'arthrite, agrippa la main de Dilys, la serra aussi fort que le lui permettaient ses doigts noueux et tordus et lui adressa un sourire tremblottant.

— Je suis sûre que Miss Jones serait fière de vous! lui dit-elle.

La plupart des patients étaient des vieillards atteints de maladies chroniques ou de sénescence finale. Certains étaient simplement trop vieux pour s'occuper seuls d'eux-mêmes. Quelques-uns étaient plus jeunes. Une femme se remettait d'une intervention chirurgicale abdominale très sérieuse. Le jeune paraplégique, cloué au lit à la suite d'un accident de moto, s'illumina à la vue de Dilys.

— Pincez-moi, ma jolie, s'écria-t-il. J'espère que je ne suis pas en train de rêver! C'est vous, la nouvelle infirmière en chef? Sapristi! Vous êtes follement séduisante!

— Voici M. Edward Lloyd! fit Miss Tomlin d'un air pincé.

— Appelez-moi Ted! insista le jeune malade. Et vous, quel est votre prénom?

— Je pense que vous appeliez ma marraine Miss Jones. Pourquoi ne pas en faire autant avec moi et m'appeler Miss Davies?

C'était le seul moyen de ménager les susceptibilités.

— J'ai l'impression que je vais vous appeler souvent, répondit-il d'un air entendu en lui prenant la main.

Dilys, sentant la désapprobation de Miss Tomlin, la dégagea doucement. Elle interrogea plus tard la surveillante à son sujet. Quelque chose, à propos de ce garçon la tracassait sans qu'elle sache exactement quoi.

— Il n'a pas de famille, à l'exception de son vieux père, incapable de prendre soin de lui. Il s'occupait d'une affaire immobilière à Bangor. Il était un peu casse-cou. Il est arrivé ce qui devait arriver. Il s'est écrasé contre un arbre, avec sa grosse moto. C'était un enfant gâté. Il avait trop d'argent. Maintenant, son père ne vient même plus le voir.

Ted prétend qu'il s'en moque, mais de temps en temps, il souffre de profonds accès de dépression.

Dilys nota que Miss Tomlin manifestait, en parlant du jeune homme, la bonté et la compassion qui se dissimulaient sous sa raideur. Son animosité devait être réservée à l'usurpatrice qu'elle était à ses yeux.

— Il serait mieux dans un centre de rééducation qu'ici, lui fit observer Dilys.

— Miss Jones a essayé de l'en persuader, mais il a refusé tout net. Même le Dr Lewis n'a pas réussi à le convaincre. Il ne veut pas bouger d'ici.

Dilys se promit de réussir là où les autres avaient échoué.

— Nous avons évidemment quelques autres malades permanents, la plupart dans le service de gériatrie, mais nous acceptons aussi occasionnellement des malades en période post-opératoire, et certains cas de dépression nerveuse qui ne relèvent pas des institutions psychiatriques. Vous trouverez tout dans les dossiers, et le Dr Lewis vous fournira tous les détails complémentaires. Il vient une fois par semaine faire le tour des malades, officiellement, mais fait toujours un saut jusqu'ici lorsqu'il est dans les alentours. Quand pensez-vous vous installer dans vos nouvelles fonctions?

— Je m'installerai au cottage dès ce soir. Je pourrai ainsi faire connaissance de l'équipe de nuit.

— Comme vous voudrez, Miss Davies, fit la surveillante sans grand enthousiasme. Je vais donner des ordres pour que l'équipe de nettoyage s'occupe du cottage et vous apporte du linge propre.

— Je vous remercie, Miss Tomlin.

Quand vint le soir, elle se sentit totalement épuisée. La journée avait été longue et éprouvante. Elle aurait sans doute des difficultés avec le docteur et la surveillante, et cette perspective l'angoissait un peu, car elle ne pourrait jamais leur faire totalement confiance. Sa détermination n'avait pas faibli, mais le coup de téléphone qu'elle donna à ses parents l'aida à reprendre courage. Sa mère lui promit de lui expédier ses affaires au plus vite, et Dilys s'engagea à lui donner des nouvelles sur le déroulement des événements dès qu'elle en aurait le temps.

Elle se prépara une boisson chaude et s'installa dans le grand fauteuil du salon pour réfléchir. Il lui faudrait faire un effort particulier le jour où elle accompagnerait le Dr Lewis dans sa tournée des patients, car elle ne se faisait guère d'illusions, il ne l'accepterait jamais. Elle s'était opposée à ses projets et l'avait privé de son héritage...

A bout de forces, Dilys s'endormit dans le fauteuil. Le froid la réveilla. Elle tituba jusqu'à son lit, espérant ne pas commencer la journée du lendemain par un retard, car elle n'avait pas emporté de réveil.

Elle se réveilla avant même que son petit déjeuner ne lui soit apporté par une femme de service sur un plateau.

— Miss Jones prenait tous ses repas au cottage? lui demanda Dilys.

— Oh! Non... Elle mangeait toujours avec les infirmières. Elle ne prenait que son petit déjeuner ici. Mais si vous préférez, je peux vous servir ici.

— Pas du tout. Je ferai comme elle, naturellement.

Lorsqu'elle fut seule, Dilys, affamée, se jeta sur son petit déjeuner qu'elle trouva délicieux, puis, décidant qu'il était temps de s'habiller, s'aperçut qu'elle n'avait pas d'uniforme. Or il lui paraissait important de se montrer en tenue, dès le premier jour. La garde-robe de tante Gladys en contenait bien quelques-uns, mais ils étaient tous beaucoup trop larges pour elle. Perplexe, elle se demanda comment elle allait faire, lorsque Julie frappa à la porte avec deux uniformes sur le bras.

— Miss Tomlin m'a demandé de vous apporter cela... Vous avez bien dormi?

L'un des deux uniformes lui allait parfaitement.

— Merci beaucoup, Julie. Et vous, vous allez bien, ce matin?

— Je suis en pleine forme. Pourtant je suis allée danser hier soir, mais je n'ai jamais de problèmes pour me réveiller tôt. Mon père est fermier, alors vous pensez, chez moi, tout le monde se lève à l'aube! Mmmm... Cet uniforme vous va à la perfection. Je ne vous ai pas apporté de cape. Miss Jones portait toujours une cape blanche. Vous en trouverez sûrement une dans son armoire. Bon... Je me sauve! C'est le jour de la tournée du Dr Lewis! Je n'ai pas intérêt à jacasser...

En agrafant la cape blanche qu'elle trouva effectivement dans l'armoire, Dilys vit dans la glace qu'elle avait l'air tendue, et que ses grands yeux noirs reflétaient son appréhension. Sans aucun doute, cette tournée des patients avec le Dr Lewis était une épreuve!

Il arriva dans son bureau ponctuellement à l'heure, lança sa trousse sur une chaise et lui dit d'un ton moqueur :

— Bonjour, mademoiselle la Directrice!

— Je préfère être appelée Miss Davies, tout comme ma marraine préférait qu'on l'appelât Miss Jones...

— Très bien.

Il la dévisagea en prenant son temps, en clignant légèrement des paupières. Son regard franchement appréciateur la déconcerta et la fit rougir un peu. Il ne l'aimait peut-être pas, mais ne se gênait pas pour la regarder comme un homme regarde une jolie femme.

— Je dois admettre que ce titre vous convient mieux.

Miss Tomlin entra dans le bureau de Dilys, et il la salua d'un ton beaucoup plus amical.

— Vous êtes prête, Miss Tomlin? lui demanda-t-il.

— Quand vous voudrez, docteur, répondit Dilys avec un sourire.

Il eut l'air légèrement surpris.

— Vous venez aussi?

— Miss Jones ne le faisait-elle pas? fit Dilys sèchement.

— Si, bien entendu... Mais...

— Mais quoi, docteur Lewis?... fit Dilys sur le ton le plus plaisant qu'elle pût.

— Je pensais que vous laisseriez ce soin à Miss Tomlin, répondit-il en haussant les épaules.

— Je n'ai pas l'intention de me dérober à mes obligations, docteur, et si vous n'y voyez pas d'objection, j'aimerais venir, fit-elle d'un ton calme, le menton pointé d'un air de défi.

Il soutint son regard, un sourire légèrement amusé aux lèvres.

— Comme vous voudrez, murmura-t-il.

— Je ne pense pas qu'il soit nécessaire de vous servir de guide, intervint Miss Tomlin d'un ton aigre. J'ai beaucoup à faire. Si vous avez besoin de moi, vous savez où me trouver.

D'un côté, Dilys était assez contente que la surveillante ait décidé de ne pas les accompagner, mais de l'autre, la perspective de se retrouver seule avec le Dr Lewis ne l'enchantait guère. Toutefois, cette visite de routine ne fut pas aussi éprouvante qu'elle l'avait craint. Elle constata que le médecin était accueilli avec chaleur par les patients. Mais il se produisit malheureusement deux incidents embarrassants.

Lorsqu'ils furent au chevet de Mme Edwards qui souffrait d'un léger refroidissement, la vieille dame dit au Dr Lewis, les yeux pétillants de malice :

— Je suppose que nous allons vous voir beaucoup plus souvent qu'avant, docteur, maintenant. Notre nouvelle directrice est si attrayante!

Dilys rougit violemment.

— Cela ne changera rien, madame Edwards, répondit-il avec brusquerie.

Mme Edwards ne se tint pas battue pour autant.

— J'ai regardé ce matin dans mon marc de café et j'ai vu une alliance entre un jeune homme brun et une jeune fille brune...

— Vous et votre marc de café! s'écria-t-il sans pouvoir retenir un éclat de rire.

Quelques minutes plus tard, ils s'arrêtèrent au chevet de Ted Lloyd qui était d'excellente humeur, ce qui se traduisit par des propos primesautiers et un flirt verbal non dissimulé avec Dilys. Lorsqu'ils se trouvèrent seuls dans le couloir, le Dr Lewis, qui avait observé le manège du jeune homme sans mot dire, sortit de sa réserve.

— Je suppose que le flirt avec les malades était autorisé dans les hôpitaux où vous avez travaillé, lui dit-il.

— Que voulez-vous dire par là? lui demanda Dilys, déconcertée.

— A votre place, je n'encouragerais pas ce garçon comme vous le faites...

— Mais, je ne l'ai pas encouragé! s'insurgea Dilys.

— Vous trouvez? dit-il en s'arrêtant au milieu du couloir pour la regarder d'un œil inquisiteur.

— Je vois que vous ne faites guère de différence entre l'humour et le flirt, répliqua la jeune fille d'un ton détaché, alors qu'elle fulminait intérieurement.

De quel droit lui faisait-il des observations aussi saugrenues? C'était elle qui dirigeait cet établissement, pas lui!

— Et moi je constate que vous ne comprenez pas bien ce qu'est une petite communauté. Vous ne vous en rendez probablement pas compte, mais vous êtes très vulnérable. Ne refusez pas un conseil, à l'occasion, Miss Davies... Vous pourriez en tirer profit.

Elle ne trouva rien à répondre à cet argument, et ils continuèrent leur tournée. Dilys fut soulagée lorsqu'elle prit fin.

— Il doit être pressé ce matin, lui fit remarquer Miss Tomlin, habituellement il prend le café avec nous.

— Il attend un coup de téléphonne chez lui, dit simplement Dilys, sachant qu'il avait fourni cette excuse pour s'esquiver.

Miss Tomlin devait s'en douter, son sourire satisfait ne laissait aucun doute à ce sujet.

Au cours de la journée, Dilys prit le temps d'aller voir Bryn Powell à l'étude pour lui montrer le testament qu'elle avait trouvé dans le secrétaire de sa marraine. Il en prit connaissance et hocha la tête.

— C'est vrai, elle avait décidé, il y a un certain temps, de laisser Marshdale à Greg, lui confirma-t-il. Elle croyait que personne d'autre ne voudrait s'en occuper. Elle n'avait peut-être pas encore pensé que vous accepteriez cette charge, et je dois confesser que j'ai été un peu perplexe quand elle a exigé de modifier son testament.

— Vous a-t-elle exposé ses motifs?

— Non. Elle l'a fait juste avant sa mort, comme vous le savez. Elle s'est contentée de me dire qu'elle avait ses raisons. Je ne me suis pas permis d'insister. Elle était parfaitement saine d'esprit et avait toute liberté de faire ce qu'elle entendait.

— Je suppose que le Dr Lewis était au courant de ses premières dispositions à son égard?

— En réalité, je l'ignore! Miss Jones n'y a jamais fait allusion devant moi, mais il est probable qu'elle a dû lui en parler. Elle l'aimait beaucoup.

— Il a dû être peiné de découvrir qu'elle avait changé d'avis, supposa Dilys en soupirant.

M. Powell haussa les épaules et se contenta d'ajouter :

— Vous ne manquerez pas de découvrir, par contre, que Marshdale représente davantage une lourde responsabilité qu'une source importante de revenus. Votre marraine n'envisageait pas de tirer un profit des gens malades.

— Ce n'est pas mon objectif non plus! Je ne demande seulement qu'à faire un travail qui me plaît, de façon satisfaisante, répondit Dilys en toute sincérité.

— Et vous vous plaisez, à Marshdale?

Il avait l'air d'en douter. Dilys résista à la tentation de lui avouer où en était réellement la situation actuelle.

— Bien sûr! fit-elle avec un sourire chaleureux.

— Vous êtes une fille courageuse! dit-il d'un air songeur. Avez-vous déjà eu des nouvelles du Major Phillipson?

— Non...

Elle évita également de lui dire qu'elle considérait un peu le Dr Lewis comme son émissaire.

Elle ignorait encore que le Major Phillipson l'attendait à Marshdale, en compagnie de Miss Tomlin, qui sortit du bureau à l'arrivée de Dilys, pour les laisser seuls.

— Chère Miss Davies, je suis ravi de vous rencontrer, commença-t-il en bondissant de son siège pour lui prendre la main dans les siennes. J'ai fait un saut pour bavarder un peu avec vous.

— Je suis désolée, Major, répondit Dilys avec courtoisie en retirant sa main toujours prisonnière. Je suis terriblement occupée en ce moment.

Elle le détailla des pieds à la tête, et vit un petit homme courtaud et épais, au regard dur et au sourire mielleux. Il n'avait pas l'air d'avoir envie de partir.

— Je ne vous retiendrai pas longtemps, chère amie. Ce que j'ai à vous dire ne prendra pas plus que quelques secondes. Cela a dû vous faire un choc, d'hériter de Marshdale?

— Un choc très agréable, reconnut Dilys.

— Bien sûr, bien sûr... Mais c'est un héritage un peu écrasant, vous en conviendrez, et je suis certain que vous devez avoir hâte de...

— Je sais ce que vous êtes venu me demander, coupa Dilys d'un ton tranchant. Ma réponse est non, et c'est définitif!

Il ne laissa rien voir de sa déception. Son sourire s'élargit encore, autant que ce fut possible.

— Voyons, Miss Davies! Vous n'avez pas encore entendu ma proposition! Je suis prêt à discuter... Pourquoi ne pas vous asseoir un moment, et envisager des accords favorables à nos intérêts mutuels, hein?

— Major Phillipson, si vous imaginez pouvoir me faire changer d'avis, vous vous trompez lourdement, rétorqua Dilys avec calme. J'ai décidé de diriger Marshdale moi-même, conformément à la volonté de ma marraine, tout comme elle le faisait.

Il parut ébranlé, mais non découragé. Il inclina la tête pour la regarder avec admiration.

— Miss Davies! s'exclama-t-il d'un ton doucereux, vous n'espérez pas me faire croire qu'une jolie fille, aussi intelligente que vous, a envie de gâcher sa beauté et ses talents dans un coin perdu du Pays de Galles en soignant des vieillards débiles! Marshdale et Mafonwyd ne sont pas précisément des lieux très distrayants, pour le moment. Vous allez vous y ennuyer à mourir!

— Ce n'est pas mon avis, Major. J'aime Mafonwyd tel qu'il est, j'aimerais qu'il ne change pas de sitôt, et je ne suis pas la seule. Nous n'apprécions pas du tout le genre de changement que vous envisagez.

Les yeux du Major s'assombrirent de contrariété.

— Je vois que vous avez déjà reçu d'autres conseils... Mais laissez-moi vous dire que tout le monde, à Mafonwyd, n'est pas aussi borné que cette minorité conservatrice qui s'oppose à tout progrès par principe. En me vendant Marshdale, vous rendrez à Mafonwyd et à vous-même un très grand service.

— Je vous l'ai déjà dit, je ne suis pas disposée à vendre. Inutile d'en discuter davantage, Major, je ne changerai pas d'avis.

Il devint immédiatement moins conciliant.

— Très bien, Miss Davies, fit-il d'un ton agressif. Mais quand vous aurez épuisé les plaisirs de la nouveauté et que vous serez pressée de quitter les lieux, ne venez pas me voir dans l'espoir d'obtenir la même chose que ce que je vous propose aujourd'hui!

Il ne dissimulait plus son hostilité à l'égard de son interlocutrice.

— Je suis toujours aussi occupée, Major, et ma réponse est toujours non. Bonsoir, Major Phillipson.

Elle alla ouvrir la porte de son bureau. Avant de sortir, il lui passa le bras autour des épaules et lui dit d'un ton paternaliste :

— Ma chère! Pensez à tout ce que vous pourriez faire avec cet argent, aux toilettes... aux voyages... aux portes qui s'ouvriront devant vous, et au mode de vie que vous allez mener ici!

Elle se dégagea avec colère.

— J'ai pas mal voyagé et je trouve que cet endroit est l'un des plus beaux que je connaisse. Ce genre de vie me convient parfaitement.

— C'est beau, mais c'est dur! Vous verrez lequel de nous deux a raison, fit-il avec un sourire menaçant. Oui... vous verrez. Dans quelques semaines, vous aurez hâte de partir d'ici...

— C'est la preuve que vous me connaissez mal, Major!

— Je ne suis pas d'accord avec vous. Je vous connais peut-être mieux que vous ne le pensez! Bonsoir, Miss Davies. Voici ma carte, au cas où vous changeriez d'avis... mais ne tardez pas trop.

Elle s'efforça de chasser de son esprit le souvenir de la visite de cet homme, espérant qu'il ne l'ennuierait plus. Mais elle était inquiète. Le Major avait dû certainement persécuter sa marraine et essaierait de la harceler à son tour. Elle décida sur-le-champ de ne plus jamais le recevoir, ni même de lui parler au téléphone.

Mais lorsqu'elle fut couchée, elle constata que son anxiété avait persisté tout au long de la journée. Lorsque la sonnette du téléphone retentit, il était plus de minuit. Elle reconnut la voix de la nouvelle infirmière de nuit qu'elle avait rencontrée au début de la soirée.

— Miss Davies? fit Celia Hodges, paniquée. C'est pour M. Jukes! Venez vite...

— J'arrive! répondit Dilys.

Elle se précipita vers la chambre particulière deM. Jukes. Elle se souvenait parfaitement de son dossier. Il avait quatre-vingt-un ans et avait été amputé d'une jambe deux ans plus tôt. La jeune infirmière de garde accourut à sa rencontre.

— J'ai té...téléphoné au Dr Lewis, bégaya-t-elle.

Dilys approuva de la tête et se précipita dans la chambre du malade. Une autre infirmière était déjà à son chevet. Dilys avait eu l'impression que Glenda Williams était très compétente.

— L'infirmière de garde l'a trouvé par terre. Il est toujours inconscient, dit-elle à Dilys.

— Le cœur? demanda Dilys en approchant du lit.

— Je ne pense pas... Il a l'air d'être dans le coma. J'ai demandé à Celia de téléphoner au docteur.

Dilys sentait que si sa marraine avait été encore en fonction, elle n'aurait pas agi avec une telle précipitation, sans la consulter d'abord. Elle entendit une voiture s'arrêter dans l'allée. Il ne devait pas y avoir beaucoup plus de cinq minutes que le docteur avait été appelé. Rien d'étonnant, se dit Dilys, compte tenu de la vitesse à laquelle il conduisait... Il entra dans la chambre quelques instants plus tard, enveloppa rapidement la scène du regard. Dilys resserra autour d'elle la robe de chambre qu'elle avait enfilée à la hâte. Il prit le pouls du vieillard sans dire un mot et souleva une de ses paupières. Puis, sans dire un mot d'explication, il ouvrit la porte de la table de nuit dans laquelle il se mit à fouiller.

— Que cherchez-vous? lui demanda Dilys, étonnée.

Il continua ses recherches sans répondre et, un instant plus tard, émit un petit grognement de satisfaction, et lui tendit une grande bouteille blanche enveloppée dans une chemise.

Il posa sur Dilys un regard cruel et amusé.

— Dans le coma! fit-il d'un ton moqueur autant qu'accusateur. Le mot « hébétude » conviendrait mieux! Je m'étonne, Miss Davies, que vous n'ayez pas constaté que M. Jukes était ivre mort.

— Ivre! balbutia Dilys aussi surprise qu'horrifiée.

— Il va falloir le surveiller. Il doit se croire tout permis, maintenant. C'est un vieux malin. L'alcool est évidemment interdit dans la maison. Est-il sorti aujourd'hui, ou récemment?

— Oui, répondit Miss Williams. Son neveu l'a emmené faire une promenade en voiture hier. C'est la première fois que quelqu'un vient le voir depuis des années!

— C'est bien ce que je pensais... Le vieux démon est rusé! Il a dû persuader son neveu de lui acheter de la vodka!

Il se tourna vers Dilys pour ajouter d'un ton condescendant :

— Vous avez beaucoup à apprendre, Miss Davies! Pour contrôler les agissements des vieillards récalcitrants, il faut surveiller ce qu'ils rapportent lorsqu'ils sortent. Le vieux Jukes n'ignore pas que l'alcool est contre-indiqué pour son traitement, mais disons qu'il est un peu... distrait. Cette petite escapade ne le tuera sans doute pas, mais s'il recommence trop souvent, je ne réponds de rien. Enfin... Il a beau être sénile, il est encore solide...

— Puis-je faire quelque chose? murmura Miss Williams.

— Laissez-le dormir et surveillez sa respiration. Je passerai demain matin voir comment il va, et Miss Davies lui rappellera le règlement...

Un éclair de malice passa dans ses yeux à l'idée du savon qu'elle allait devoir passer au vieillard récalcitrant et probablement impénitent.

Dilys resta impavide, bien qu'elle se sentît humiliée de ne pas avoir trouvé immédiatement la raison de la défaillance de M. Jukes. Elle avait beau se dire qu'elle n'avait pratiquement pas eu le temps d'examiner son patient avant l'arrivée du docteur, elle n'en était pas moins honteuse. Il fallait reconnaître que le penchant pour l'alcool de M. Jukes était probablement la dernière chose à laquelle elle aurait songé.

Elle soutint néanmoins le regard du Dr Lewis, enregistrant au passage le col de son pyjama qui pointait sous le revers de sa veste, et ce détail la troubla de façon étrange, compte tenu des circonstances. Elle se tourna vivement vers la porte et quitta la chambre, laissant à Miss Williams le soin de vérifier si son patient était convenablement installé pour la nuit.

— Si vous aviez fait appeler Miss Tomlin, fit le Dr Lewis qui l'avait suivie, elle vous aurait rassurée. Elle a l'avantage de connaître l'histoire de M. Jukes.

— Miss Tomlin n'est pas là ce soir. Elle va chez sa sœur une fois par mois à Rhyl, sans quoi, je l'aurais demandée.

Elle ne prit pas la peine de lui apprendre qu'il avait été appelé sans qu'elle ait été consultée, certaine qu'à ses yeux, cela n'excuserait rien.

— Une infirmière aussi qualifiée que Miss Tomlin est tout à fait capable de reconnaître l'état dans lequel se trouve un vieillard ivre mort, ajouta-t-il d'un ton condescendant.

— Je suis navrée que vous ayez été dérangé pour rien, fit Dilys froidement. Je ne voudrais pas vous faire perdre votre temps davantage...

— Je n'ai pas dit que vous n'auriez pas dû me prévenir, précisa-t-il impitoyablement. Je préfère être tiré de mon lit au milieu de la nuit que de vous voir faire du zèle la prochaine fois! Souvenez-vous que les malades passent avant nos susceptibilités...

Dilys l'aurait giflé! Elle serra les dents pour étouffer la verte repartie qu'elle aurait aimé lui asséner. Elle resta totalement interdite lorsque après l'avoir observée longuement, il lui prit le menton d'une main ferme pour plonger ses yeux dans les siens.

— Regardez où vous mettez les pieds, lui dit-il en baissant la voix. On vous guette au tournant.

Lorsqu'il la lâcha brusquement pour regagner sa voiture, elle fut incapable de deviner s'il s'agissait d'un avertissement ou d'une menace. Elle tremblait beaucoup trop pour en juger rationnellement.

Elle retourna au cottage pour tenter de se rendormir et passa sa main inconsciemment le long de sa mâchoire, réveillant la sensation provoquée par le contact de ses longs doigts d'une force surprenante. « Regardez où vous mettez les pieds » — qu'avait-il bien pu vouloir dire par-là?

4

Quelques jours plus tard, Bryn Powel invita Dilys à dîner comme il l'avait promis, et elle accepta avec empressement, enchantée à l'idée de faire la connaissance de sa femme. Ce serait sa première sortie depuis son arrivée à Mafonwyd.

Elle ne l'aurait admis devant personne, et encore moins devant Miss Tomlin et le Dr Lewis, mais elle venait de traverser quelques jours de profonde dépression, doutant presque d'elle-même. Diriger Marshdale n'était pas chose facile. Elle avait dû s'attaquer à des tâches auxquelles elle n'était pas habituée, de l'approvisionnement en vivres et en fournitures médicales, de la comptabilité. Elle avait trouvé une aide efficace parmi ses collaborateurs, mais bien des choses lui échappaient encore, et en dernier ressort, elle sentait qu'elle devait prendre elle-même les décisions importantes, et elle n'avait nulle envie de s'en remettre constamment à l'opinion de Miss Tomlin.

La maison des Powell se trouvait à un bout du village, cachée par de grands arbres au sommet d'une colline, et jouissait d'une vue sur la montagne que seule, celle que l'on embrassait de Marshdale, éclipsait.

Elle fut surprise de constater que deux voitures étaient déjà garées devant la maison. Elle s'attendait plutôt à une réunion plus intime et se demanda si elle était suffisamment élégante. Il était trop tard pour y remédier. Ils l'accepteraient telle qu'elle était, en veste et pantalon vert pâle.

Elle sonna à la porte que Bryn Powell vint ouvrir aussitôt. Sa femme l'accueillit chaleureusement et la conduisit au salon d'où lui parvenaient une musique douce et des voix animées.

Ellen Powell était une femme un peu grisonnante, à l'aspect net et soigné et aux yeux d'un bleu étonnant. Son allure citadine contrastait avec l'apparence de son mari, plus proche de celle d'un fermier que d'un notaire. Il ressemblait à un personnage de Dickens. Dilys fut conduite au salon où deux couples bavardaient déjà devant un feu de bois. Les deux hommes se levèrent poliment à son entrée et aux regards dont ils la gratifièrent, Dilys sentit qu'ils la trouvaient attrayante. Les femmes, vêtues avec simplicité étaient à peine plus âgées qu'elle.

— Dilys, fit Ellen Powell, je vous présente Gwen et Ian Griffiths et Megan et Lloyd Hugues, nos proches voisins.

Dilys se sentit rapidement à l'aise en leur compagnie. Ils étaient tous directement concernés par le projet du Major que Ian Griffiths appelait avec mépris le « camping de Phillipson ».

— Malheureusement, fit observer sa femme, un certain nombre de personnes appuient ce projet, et elles ont de l'influence au Conseil Municipal, sans quoi il n'aurait même pas tenté de promouvoir cet horrible plan.

— Certains ne pensent qu'à leur tiroir-caisse! s'exclama Megan Hugues.

— Rien d'étonnant, en ces temps d'inflation, répliqua son mari, plus compréhensif. Nous en parlons à cœur ouvert devant vous, Miss Davies. Bryn nous a déjà assurés que vous n'aviez pas l'intention de vendre Marshdale au Major. Vous ne pouvez savoir à quel point nous vous en sommes tous reconnaissants. Si vous vous étiez laissé séduire par les chiffres que le Major n'aurait pas manqué de faire miroiter à vos yeux, nous n'aurions pu vous en blâmer, mais c'est un grand soulagement pour nous de savoir que vous n'avez pas l'intention de céder.

— C'est très courageux de votre part, remarqua Ellen Powell. Ce n'est pas que je sous-estime vos capacités, mais une jeune femme comme vous aurait pu trouver cet endroit un peu sinistre.

— Vous voulez sans doute dire, une fois l'attrait de la nouveauté dissipé?

Ils eurent tous l'air un peu embarrassés, car c'était exactement ce à quoi ils avaient tous pensé.

— C'est ce que tout le monde suppose, ajouta Dilys en riant, mais j'ai l'intention de prouver que c'est faux. J'aime cet endroit et j'entends bien y rester.

— Du moment que vous restez jusqu'au départ du Major... renchérit Ian. S'il n'arrive pas rapidement à ses fins, je suppose qu'il vendra ses deux propriétés, et qu'il ira se faire pendre ailleurs.

— Espérons qu'il ne tardera pas trop, dit Megan avec ferveur. J'ai l'impression d'avoir l'épée de Damoclès suspendue sur nos têtes!

— Le Major est un homme obstiné, fit Bryn. Mais il a déjà perdu beaucoup de temps à tenter de persuader la pauvre Miss Jones de vendre Marshdale. Je ne pense pas que sa patience puisse supporter cette situation plus longtemps... Il va se mettre à chercher un autre site.

— Ne vous inquiétez pas, dit Megan à Dilys. Nous veillerons à ce que Mafonwyd ne vous paraisse pas trop triste...

— Je n'aurai pas le temps de m'ennuyer avant longtemps, protesta Dilys en riant. J'ai encore énormément de choses à apprendre au sujet de la gestion de Marshdale! Et croyez-moi, je ne suis pas au bout de mes surprises...

— En effet! sourit Bryn Powell. J'ai entendu dire que le vieux Jukes vous a donné du fil à retordre, la semaine dernière.

— Qui vous l'a dit? demanda Dilys, consternée.

— Tout le village s'en était délecté! lui apprit Bryn. N'allez pas croire que vous pourrez garder le moindre secret ici, Dilys! Vous êtes nouvelle dans la région, ma chère. Et ce que les gens ignorent, ils l'inventent!

Dilys rougit d'embarras. Le Dr Lewis avait dû veiller à ce que tout le village soit au courant. Une vague de colère déferla en elle, mais heureusement, un coup de sonnette vint interrompre fort à propos leur conversation. Ellen et Bryn se levèrent en même temps pour aller ouvrir.

— C'est certainement Greg, fit Gwen. Ellen a dit qu'il essaierait de passer ce soir.

Megan lança à Dilys un sourire complice.

— Méfiez-vous, lui dit-elle. Ellen est une marieuse incorrigible. Vous êtes tous les deux dans la partie médicale, pour Ellen, c'est le succès assuré!

— Je pense qu'Ellen s'est résignée à abandonner la partie. Caroline Phillipson a déjà fait main basse sur lui! dit son mari.

— Je ne comprends vraiment pas ce qu'il lui trouve!

— Chut! murmura Gwen en voyant la porte s'ouvrir.

Greg Lewis entra avec ses hôtes, et Dilys sentit son cœur faire un bond dans sa poitrine, malgré elle. Quelque chose, dans cet homme, en dépit de l'antipathie qu'il lui inspirait accélérait les battements de son pouls. Était-ce son regard noir et incisif, son assurance nonchalante ou ses longues mains si expressives, elle n'aurait su le dire... Elle se souvint de la phrase ambiguë sur laquelle ils s'étaient quittés la dernière fois, sans qu'elle ait pu déceler s'il s'agissait d'une menace ou d'un conseil... Tante Gladys s'était méfiée, elle aussi, de son ambiguïté...

Les yeux de Greg parcoururent l'assemblée et s'immobilisèrent sur Dilys une fraction de seconde, trahissant une surprise passagère.

— Bonsoir, fit-il à la cantonnade. Désolé d'être en retard.

— C'est déjà merveilleux que vous soyez là, dit Gwen. J'espère que vos patients vous laisseront tranquille ce soir, pour une fois...

— A condition que le cinquième bébé de Mme Probert

qui n'est attendu que pour demain ne soit pas en avance au rendez-vous! répondit-il en riant.

Il vint s'asseoir près de Dilys et tendit ses mains au-dessus du feu de bois, élégant dans son pull blanc et son pantalon de velours côtelé, les cheveux soigneusement coiffés. Dilys retrouva la vision fugitive de son pyjama froissé et de ses cheveux ébouriffés qui l'avait frappée lorsqu'il était venu diagnostiquer l'état d'ébriété avancée de l'incorrigible M. Jukes.

Ellen Powell vint leur annoncer que le dîner était servi. La table, éclairée aux chandelles, était réhaussée d'un bouquet de jonquilles se reflétant sur l'argenterie et les verres scintillants.

— Ellen est une cuisinière remarquable, chuchota Gwen à Dilys. Ne refusez aucune de ses invitations!

Ellen la plaça entre Bryn et Greg, et le voisinage de ce dernier la crispa quelque peu, mais sa tension se relâcha à mesure que le repas avançait. Elle oublia son animosité, mais se demanda tout de même si le Dr Lewis, sachant qu'elle était là, serait venu. Il aurait probablement trouvé facilement une excuse pour s'abstenir.

Dilys fut inévitablement l'objet de l'attention générale.

— Cela a dû vous étonner d'apprendre que vous aviez hérité d'une maison de santé! Ces choses-là n'arrivent pas tous les jours, fit Megan.

— J'ai été abasourdie, c'est le mot qui convient. Je voyais peu ma marraine, mais ma mère correspondait régulièrement avec elle, car elle s'est toujours intéressée à mes études et à mon travail d'infirmière. Je suppose que c'est ce qui l'a incitée à me léguer Marshdale.

Elle observa Greg Lewis à la dérobée, mais son visage ne trahissait aucune émotion particulière. Il parlait à peine.

— Vous avez abandonné un travail pour venir ici?

— Non, par chance, quand tante Gladys est morte, je rentrais de Tanzanie en jeep avec trois étudiants en médecine... Mes parents ne savaient pas où me contacter, c'est pourquoi je n'ai appris la nouvelle qu'à mon arrivée.

— Que faisiez-vous en Afrique?

— J'étais infirmière...

Dilys parla avec enthousiasme de sa carrière à l'étranger et de son goût des voyages qui l'avait amenée à travailler dans un grand hôpital de Sydney et dans un petit hôpital à l'intérieur des terres australiennes. Ensuite, ce fut l'Afrique, qui lui permit d'élargir encore son expérience.

— Miss Jones ne m'a jamais dit que vous étiez infirmière à l'étranger, dit Bryn Powell. Je ne savais pas que vous aviez l'âme aussi aventureuse.

— Ni que vous étiez aussi expérimentée, ajouta sa femme. Voilà qui est rare, chez une jeune femme comme vous.

— Et vous n'avez pas peur de vous ennuyer à Mafonwyd! s'exclama Megan. C'est incroyable! Je me demande même comment vous pouvez envisager de rester ici, alors que vous pourriez aller où bon vous semble.

Gwen se montra tout aussi étonnée.

— Jamais je ne serais venue m'enterrer ici si j'avais un métier que je puisse exercer n'importe où, et pas d'attaches familiales! J'ai peine à croire que vous parlez sérieusement lorsque vous dites que vous voulez vous installer définitivement à Marshdale.

— N'abandonnez pas le terrain trop vite! ajouta Megan.

— Mon travail est plus ou moins le même où que j'aille, expliqua Dilys. Les malades exigent partout la même attention, et les pays exotiques deviennent vite familiers. J'ai pris beaucoup de plaisir à voyager, mais je sais que j'aurai autant de plaisir à rester ici. Cet endroit est tout aussi exotique pour moi. Je n'y étais venue qu'une seule fois en convalescence, lorsque j'étais adolescente.

— Nous ferons en sorte que le Pays de Galles vous révèle ce qu'il a de plus pittoresque, promit Ian Griffiths.

— Dès que vous y verrez plus clair dans votre travail, nous organiserons quelques excursions pour vous, renchérit sa femme.

— Quels auraient été vos projets si vous n'étiez pas venue au Pays de Galles? demanda soudain Greg Lewis qui jusqu'alors n'avait pas ouvert la bouche.

— Je n'avais encore rien décidé. Il est probable que j'aurais travaillé à Londres quelque temps.

— Jusqu'à ce que les lointains rivages vous tentent à nouveau, répondit-il. Le Moyen-Orient semble attirer beaucoup d'infirmières en ce moment, les salaires sont élevés, et les conditions de vie agréables...

— Essayez-vous de vous débarrasser de moi? plaisanta Dilys.

— Greg! Ne faites pas cela, pour l'amour du Ciel! s'exclama Gwen. Nous ne voulons pas qu'elle change d'avis, du moins jusqu'à ce que ce Major terrifiant...

Gwen s'interrompit, confuse.

— Je suis désolée, Greg, j'ai oublié que vous étiez un ami de sa fille...

— Nous ne savons pas de quel côté vous êtes, Greg, fit Megan de but en blanc. Vous êtes pour le Major ou pour nous?

Le silence se fit, et Bryn et Ellen échangèrent un regard curieux et inquiet. Ils auraient visiblement préféré éviter cet affrontement. Emportée par la conversation, Megan avait posé la question un peu brutalement.

— Je suis du côté de Mafonwyd, répondit Greg.

— C'est une réponse mi-figue, mi-raisin, protesta Megan avec dédain. Certaines personnes pensent que le projet du Major serait bon pour Mafonwyd! Vous n'êtes pas du nombre, j'espère?

— Si nous passions prendre le café au salon? dit Ellen d'une voix tranquille en se levant, imitée par ses invités, à l'exception de Greg et de Megan, qui restèrent un moment à se dévisager, les yeux dans les yeux, de façon presque hostile.

Puis Greg se leva, et dit à Dilys, au passage :

— Le moment est peut-être venu de vous assagir, après tout...

Sa remarque surprit Dilys. Elle avait la nette impression qu'il aurait préféré le contraire.

— J'en ai la certitude, dit-elle avec fermeté.

Elle ne put faire autrement que de détourner la tête sous le regard pénétrant de Greg; il s'effaça devant elle à la porte du salon et lui frôla le bras. Ce simple contact fit naître en Dilys un frisson qui déferla le long de son épine dorsale et rendit la jeune fille furieuse contre elle-même.

Il ne fut plus question du Major et de son projet de la soirée. Le sujet étant délicat, chacun s'ingénia à l'éviter. Megan dut se contenter de regarder Greg de temps à autre avec un mélange d'irritation et de perplexité.

Dilys se sentait extraordinairement à l'aise. Elle venait de se faire ses premiers amis sincères à Mafonwyd. Elle comprit soudain que par-dessus tout, elle avait souffert de solitude au cours de la semaine passée où, ce qui était pis, elle s'était sentie indésirable. Dans l'ensemble, l'équipe des infirmières avait été affable avec elle, mais la surveillante, Miss Tomlin, laissait percer son ressentiment trop souvent, de façon subtile en dépit des égards qu'elle lui témoignait. Elle avait passé ses soirées solitaires au cottage à compulser les dossiers et les livres de comptes, pour se familiariser avec la gestion de Marshdale. C'était indispensable, mais elle comprenait à présent que la compagnie des autres infirmières et la vie sociale active qu'elle avait menée jusqu'alors lui avaient manqué. Ce poste de responsabilité comportait de nombreux désavantages. Mais ce soir, elle entrevoyait une lueur d'espoir. Son isolement ne serait que temporaire.

Elle jeta un coup d'œil à l'horloge placée au-dessus de la cheminée. Il était presque minuit.

— Il faut vraiment que je parte, glissa-t-elle à Ellen. Je dois être debout de bonne heure, demain matin.

Elle salua ses nouveaux amis, qui malgré ses protestations se levèrent tous de leur siège pour lui serrer la main.

— Il faut venir nous voir aussi, Dilys, dit Gwen. Je vous téléphonerai pour prendre rendez-vous.

— Moi aussi! s'empressa de dire Megan.

— Tenez bon, mon petit, l'encouragea Ian en lui tapotant la main. Ne laissez pas le Major vous impressionner.

— Nous sommes tous ravis de votre décision, et je suis certain de votre succès, ajouta Bryn.

Dilys fut profondément touchée de ces témoignages de sympathie, mais n'osa pas lever les yeux sur Greg. Les invités des Powell décidèrent qu'il était temps pour eux aussi de partir, et finalement, tout le monde se retrouva dehors en même temps. Après avoir souhaité une bonne nuit à tous, Dilys monta dans sa voiture. La nuit était claire, mais l'air était glacial. Son pare-brise était couvert d'une fine pellicule de givre. Dilys tira sur le starter, mais le moteur refusa de tourner. Grelottante, elle essaya à nouveau. Le moteur toussa furieusement et finit pas s'arrêter une fois de plus.

— Quelle barbe! s'exclama-t-elle, en écrasant l'accélérateur.

Le visage de Bryn Powell apparut dans l'encadrement de la portière.

— Des ennuis, Dilys?

— Je pense que c'est le froid, répondit-elle en persévérant dans ses efforts pour faire démarrer la voiture.

Greg Lewis s'approcha de la voiture, accompagné d'Ellen.

— Qu'est-ce qui ne va pas? demanda-t-il à Dilys.

Dilys se sentit gênée d'être à nouveau l'objet de l'attention de ses hôtes.

— La batterie est peut-être à plat, suggéra Bryn.

Dilys prit la lampe électrique qui se trouvait dans la boîte à gants et sortit de la voiture pour aller soulever le capot.

— Permettez! fit Greg en lui prenant la lampe des mains.

— Cela ira! fit Dilys. Je sais la faire démarrer de cette façon...

Un léger sourire effleura les lèvres de Greg.

— Après avoir traversé l'Afrique et l'Europe, je suppose qu'elle en sait autant que nous sur les voitures, fit Bryn en riant.

En l'occurence, ses compétences ne servirent à rien, car ni elle ni Greg ne parvinrent à faire tourner le moteur de la voiture. Ils frissonnaient tous de froid.

— Mieux vaut abandonner pour l'instant, fit Greg. Nous allons tous mourir de froid. Je vais vous raccompagner.

— Je téléphonerai au garage demain matin, proposa Bryn, et je vous dirai quand vous pourrez revenir la chercher.

— Je ne veux pas vous causer tout ce dérangement, protesta Dilys en claquant des dents.

— Montez vite en voiture avec Greg! trancha Ellen. Vous ne nous dérangez pas du tout.

Dilys obéit à contre-cœur, après de nouvelles politesses échangées avec ses hôtes, et s'installa dans la voiture de Greg, dont le moteur tournait déjà. Avec la chaleur, les dents de Dilys cessèrent de s'entrechoquer, et l'onglée quitta ses mains et ses pieds lentement. Greg conduisait très prudemment.

— Ce n'est pas votre allure habituelle, commenta-t-elle. Vous ne roulez à tombeau ouvert qu'à mon détriment...

— Il y a du verglas sur la route, lui fit-il remarquer nonchalamment.

Elle regretta aussitôt sa remarque désobligeante. Mais son mutisme l'avait agacée, et elle avait laissé échapper la première chose qui lui était passée par la tête.

Quelques lumières étaient encore allumées à Marshdale. Greg se gara devant la porte principale au-dessus de laquelle brillait une lampe dont la lueur éclairait l'intérieur de la voiture. Elle était sur le point de le remercier de son aide et de sortir de l'automobile, lorsqu'il dit sans la regarder :

— Je crois que je vous dois des excuses, Dilys.

— Des excuses! répondit-elle, surprise.

— Il semble que vous soyez qualifiée et que vous ayez

plus d'expérience que je ne le pensais. Je me suis un peu trop hâté dans mes conclusions, fondées, je dois l'admettre... sur votre jeunesse et votre féminité. Votre marraine ne m'avait jamais parlé de vous... Pourquoi l'aurait-elle fait? Je n'étais donc pas au courant.

Dilys crut rêver. Greg Lewis lui faisait des excuses! De plus, son sourire était amical!

— J'avais bien l'impression, quelquefois, que vous étiez plus mûre et réfléchie que vous n'en aviez l'air... Je suis désolé de vous avoir traitée comme une nouvelle recrue.

Dilys avala plusieurs fois sa salive avant de répondre. Il semblait attendre qu'elle lui dise quelque chose, mais elle avait du mal à rassembler ses idées.

— Nous nous hâtons tous de conclure un peu vite, parfois, finit-elle par murmurer.

Il pianota sur son volant sans répondre.

— Merci d'avoir eu la gentillesse de me raccompagner, ajouta Dily, prête à partir.

Il descendit rapidement faire le tour de la voiture. Elle claqua la portière derrière elle, et titubant un peu dans l'allée, sentit une pierre rouler sous son pied. Elle s'accrocha instinctivement à Greg, l'entraînant avec elle contre la voiture. Tout arriva si rapidement qu'elle en eut à peine conscience pendant quelques secondes. Elle s'aperçut ensuite que Greg l'avait retenue par les bras et que son corps, entraîné par l'effort qu'il avait fourni pour la retenir, était plaqué contre le sien. Elle vit dans ses yeux une expression qu'elle ne lui connaissait pas. Ce n'était plus par accident qu'il se pressait contre elle, mais délibérément. Il prit les lèvres de Dilys avec une passion si soudaine qu'elle en eut le souffle coupé et qu'elle sentit une onde de chaleur courir dans ses veines. Elle s'abandonna sans défense, prisonnière de son ardeur si violente qu'elle laissa échapper un gémissement involontaire lorsque ses mains remontèrent le long de ses bras jusqu'à son cou et sa gorge, puis son visage pour se perdre dans ses cheveux.

Il s'arracha à ses lèvres d'un mouvement brusque,

comme s'il avait obéi à une impulsion irrésistible qu'il regrettait déjà.

— On brûlait les sorcières sur un bûcher, autrefois! déclara-t-il avec un rire sarcastique. Désolé, Dilys, ce n'était pas le bonsoir que j'avais prévu ou que vous attendiez de moi...

— Je ferai attention la prochaine fois avant de faire du stop. répondit-elle d'un ton aussi détaché que l'émotion qu'elle avait ressentie l'y autorisait. Nous avons dû boire tous les deux un peu trop de cet excellent vin de Bryn...

— Rentrez vite avant que vous ne geliez sur place, ou que Miss Tomlin ne vienne voir ce que vous faites dehors!

— Bonne nuit, Greg, répondit-elle en l'appelant par son prénom pour la première fois.

Il remonta précipitamment dans sa voiture et disparut à toute vitesse. Elle entra prévenir Miss Tomlin de son retour et retint un sourire, en se demandant ce que la surveillante aurait pensé si elle avait assisté à la petite scène qui venait de se produire. Ses lèvres minces se seraient pincées plus que jamais de désapprobation.

Miss Tomlin était dans son bureau. Elle leva vers Dilys son visage aussi indifférent qu'à l'accoutumée.

— Vous avez passé une bonne soirée? demanda-t-elle.

— Oui, très agréable, répondit Dilys. Il ne s'est rien passé d'anormal?

— La soirée a été très calme, fit Miss Tomlin en la dévisageant avec insistance.

Ce ne fut qu'en arrivant chez elle, devant son miroir que Dilys comprit la raison de sa curiosité. Ses cheveux étaient en bataille, et il n'y avait plus trace de rouge sur ses lèvres gonflées. Le regard désapprobateur de la surveillante montrait clairement qu'elle en avait tiré ses conclusions personnelles.

Étendue dans son lit, les yeux grands ouverts dans l'obscurité de la nuit, Dilys ne pouvait détourner ses

pensées des derniers instants qu'elle venait de passer avec Greg Lewis. Que leur était-il passé par la tête? Elle n'aimait pas cet homme, et il ne l'aimait pas non plus! Avait-il changé d'avis à ce point, en ce qui la concernait? Il l'avait certes étonnée en lui présentant des excuses. Mais de là à passer d'un antagonisme déclaré à un baiser passionné! C'était franchir un bien grand pas en une nuit. Une voix intérieure lui conseillait la prudence. Elle se souvint de la petite phrase qu'elle avait entendue au bar de l'hôtel : « Il paraît qu'il sait s'y prendre, avec les femmes »... La méfiance de tante Gladys lui revint également à l'esprit, ainsi que les doutes émis par Megan Hugues. Elle finit par s'endormir, totalement désemparée...

5

Heureusement pour elle, Dilys était beaucoup trop occupée pour laisser ce genre de pensées la perturber longtemps. Lorsque ses effets personnels arrivèrent de Londres elle consacra une demi-journée à décorer le cottage pour l'imprégner de sa propre personnalité à travers ses livres et ses souvenirs de voyage. Ce moment heureux contribua à donner à sa vie un sentiment de sécurité et d'intimité du foyer.

Le Dr Lewis passait régulièrement, et si leur amitié était peu profonde, du moins ne lui manifestait-il plus une animosité ouverte, et un certain respect mutuel dominait à présent leurs rapports. Lorsqu'elle le revit pour la première fois après cette nuit-là, en rencontrant son regard énigmatique, elle eut du mal à croire qu'il l'avait embrassée avec autant de passion, et fit en sorte de cacher sa propre confusion. L'incident semblait avoir été oublié des deux côtés. Il était poli, voire déférent, et à la grande satisfaction de Dilys, il commençait à la traiter davantage en égale qu'en débutante. Elle bénissait cette soirée chez les Powell qui les avait obligés à rompre la glace et qui lui avait donné l'occasion de parler de son travail et de son expérience. Il resta même un jour prendre le café avec elle, ce qu'elle ressentit comme un compliment sincère.

Elle n'entendit plus parler du Major Phillipson et se dit qu'il avait dû tenir son refus de vendre Marshdale pour définitif. Elle se félicita de sa fermeté et de la discrétion de Greg qui ne lui reparla plus de ce projet non plus. Elle en arriva à se dire que les soupçons qu'elle avait nourris à son égard n'étaient peut-être pas fondés. Tante Gladys avait été probablement si talonnée par le Major qu'elle avait peut-être fini par n'avoir plus confiance en personne.

Dilys rencontra un jour Caroline Phillipson. Elle l'avait aperçue une ou deux fois au village, flânant chez l'antiquaire ou filant dans sa voiture de sport rouge et voyante. Elles furent finalement présentées l'une à l'autre par Gwen Griffiths, un jour que Dilys prenait un café en ville avec elle.

Dilys était allée voir Bryn Powell et faire quelques achats personnels lorsqu'elle avait rencontré Gwen. Après quelques propos échangés dans la rue, elles avaient décidé d'aller prendre un café.

— Vous pouvez me consacrer un peu de votre temps? avait demandé Gwen.

— Naturellement! avait répondu Dilys en riant. Marshdale fonctionnait bien avant mon arrivée!

— Votre marraine avait réglé ce fonctionnement comme une horloge. Je ne suis pas sûre que Miss Tomlin s'en serait sortie autrement! La pauvre Miss Jones travaillait beaucoup trop, c'est probablement ce qui a hâté sa fin... Oh! ma chère Dilys... je crois que nous allons avoir de la compagnie! Bonjour, Caroline!

La jeune fille était seule et vint droit vers leur table. Elle adressa un petit sourire à Gwen et gratifia Dilys d'un regard dur et appuyé avant de s'asseoir sans y avoir été invitée.

— Je pense que vous connaissez Dilys Davies, la nouvelle directrice de Marshdale. Dilys, je vous présente Caroline Phillipson.

Les yeux de Caroline se firent aussi tranchants qu'un scalpel.

— Qui ne connaît pas Miss Davies! répondit-elle d'une voix affectée. La femme qui met la vie du bétail au-dessus de celle des humains!

Son sourire avait l'air de démentir ses paroles, mais Dilys savait qu'il n'en était rien. Devant l'air éberlué de Gwen, Caroline s'expliqua :

— Miss Davies a eu si peur d'entrer en collision avec un mouton qui vagabondait sur la route, qu'elle a presque failli tuer le pauvre Greg!

Dilys étouffa les protestations qui lui montaient aux lèvres sachant qu'elles seraient vaines. Mais Gwen prit sa défense indirectement.

— S'il conduisait à sa vitesse habituelle, je n'en suis pas surprise, lui répondit-elle sèchement.

Caroline décida de faire un effort d'amabilité.

— Je vois que vous êtes toujours parmi nous, dit-elle à Dilys.

Bien qu'agacée par l'air hautain qu'elle avait adopté, Dilys décida de prendre cette agressivité sur le ton de la plaisanterie.

— Cela paraît vous surprendre, lui rétorqua-t-elle.

Pour sa part, Caroline était incapable de cacher son dédain.

— A vrai dire, je ne pense pas que vous tiendrez le coup très longtemps... Vous avez déjà l'air un peu usée. C'est normal. Vous êtes beaucoup trop jeune pour un travail pareil! Mais vous avez sans doute besoin d'une leçon pour apprendre à ne pas avoir les yeux plus grands que le ventre!

Dilys, refrénant la colère qui l'envahissait, craignit la discussion désagréable qui suivrait la réponse qui lui brûlait les lèvres. Elle préférait éviter ce genre d'incident. Gwen, les sourcils froncés, appela la serveuse :

— Voulez-vous un café, Caroline?

— Oh oui, merci. Un *cappuccino,* s'il vous plaît, répondit-elle en examinant ses longs ongles vernis de rouge.

— Vous êtes restée ici bien longtemps, cette fois-ci, Caroline. Vous n'avez donc pas d'obligations?

« Gwen se comporte avec moi comme une véritable amie », se dit Dilys avec un sentiment de chaleur réconfortante. La remarque de celle-ci, toutefois, n'atteignit pas tout à fait son but.

— Je peux me permettre d'être difficile à présent. Je n'accepte de poser pour des photographies que lorsque le contrat me convient parfaitement.

— Vous avez de la chance, grommela Gwen.

— Je vais partir dans un jour ou deux. J'ai un merveilleux contrat pour l'Espagne et un autre pour les Bermudes. J'espère que ces voyages aux quatre coins du monde ne m'épuiseront pas trop...

— Vous reviendrez vous reposer ici.

Le rire de Caroline fusa, cristallin. Elle regarda Dilys d'un air malicieux.

— J'espère ne pas être obligée d'aller à Marshdale!

Ce qui laissait entendre qu'elle doutait aussi de la qualité des soins qu'elle pourrait y recevoir. Elle gratta le sucre qui restait au fond de sa tasse et porta la cuillère à sa ravissante bouche, admirablement fardée. Dilys, fascinée par sa beauté, ne s'étonna guère que Greg soit tombé amoureux d'elle. Elle avait toutefois du mal à croire que ce superbe mannequin arriverait à s'adapter à la vie que mène, en général, l'épouse d'un médecin de campagne. Elle était sans doute éperdument amoureuse de Greg et n'avait pas envisagé les aspects pratiques d'un tel mariage. Dilys dut admettre avec humeur que cette alliance l'affectait au plus haut point.

Caroline les quitta pour vaquer à ses occupations, attirant tous les regards au passage.

— Cette fille m'exaspère au plus haut point! explosa Gwen. Je me demande vraiment ce que Greg lui trouve d'extraordinaire! Elle a la tête bourrée de coton hydrophile!

— Possible. Mais elle est si belle, répondit Dilys.

— ... Et si garce! Je suis tout de même surprise que Greg se soit laissé tourner la tête. Quand je pense à ce que le père de cette pimbèche veut faire de Mafonwyd...

— Elle n'en est pas responsable, répondit Dilys, surprise de s'entendre plaider la cause de Caroline.

— Vous êtes beaucoup trop indulgente, protesta Gwen. Vous êtes comme votre marraine. Vous ne voyez jamais le mal nulle part. J'ai peut-être une vision trop pessimiste de la vie, c'est l'avis de Ian, mais quand j'ai entendu Caroline vous parler sur ce ton, je l'aurais...

Gwen ne trouvait plus ses mots tant elle était indignée.

— Ne vous y trompez pas, fit Dilys, je ne suis pas un paillasson. Je suis une personne très méfiante, et je n'accorde pas ma confiance à la légère, peut-être un peu moins que tante Gladys. Mais je peux vous assurer qu'elle n'était pas facile à berner non plus...

Elle songeait à la façon dont sa marraine avait retiré sa confiance à Greg.

— Il n'empêche que j'aurais préféré que Greg ne s'entiche pas de Caroline Phillipson! S'il l'épouse, elle ne se contentera pas de la situation qu'il a ici. Elle l'entraînera dans l'existence mondaine en un rien de temps! S'il n'est pas ambitieux, elle le sera pour deux...

— C'est peut-être ce qu'il souhaite.

— C'est son affaire! Vous n'avez plus entendu parler du Major, à ce qu'on m'a dit?

— Non. Je m'attendais à subir davantage de pressions mais il semble avoir compris que mon refus était définitif.

— Hum! Cela m'étonnerait de sa part... Il attend probablement que vous en ayez par-dessus la tête de Marshdale et que vous soyez bien contente de vous en débarrasser.

— Il peut attendre longtemps, dit Dilys avec conviction.

— Je dois avouer que j'admire votre ténacité. Vous vous êtes attelée à une lourde tâche.

— Tante Gladys n'a pas flanché, elle... A dire vrai, ce n'est pas une tâche insurmontable. J'ai une équipe formidable qui coopère d'une façon merveilleuse, compte tenu des doutes qu'elle partage avec tout le monde!

Elle ne mentionna pas que la seule exception à cette

bonne volonté était Miss Tomlin, non qu'elle opposât une résistance ouverte, mais Dilys avait l'impression qu'elle l'observait constamment et qu'elle guettait ses erreurs...

— C'est compréhensible! Regardez-vous : vous êtes haute comme trois pommes et vous avez l'air aussi fragile qu'une fleur. Nous étions habitués à Miss Jones qui dégageait, au contraire, une impression de force et de sécurité maternelle, en dépit de son grain de fantaisie...

— Vous venez de la décrire parfaitement, répondit Dilys en souriant. J'avoue que je ne ressemble pas à l'idée que vous vous faites tous d'une infirmière en chef. Mais cela ne veut pas forcément dire que je ne peux pas faire ce travail.

— Je suis certaine que vous en êtes capable, ma petite Dilys, car vous êtes en train de le prouver.

Cet encouragement réconforta Dilys beaucoup plus que Gwen n'aurait pu le supposer. Elle regagna Marshdale, le cœur plus léger, oubliant les sarcasmes de Caroline Phillipson. Mettant à profit ces bonnes dispositions, elle écrivit une courte lettre à ses parents pour les rassurer sur son sort. Elle était en train de cacheter l'enveloppe lorsqu'elle entendit un coup léger frappé à sa porte. Elle sursauta de surprise. S'il s'était agi de la garde de nuit, elle aurait téléphoné et ne serait pas venue frapper à la porte du cottage...

— Qui est là?

— C'est Ted Lloyd.

Stupéfaite, Dilys alla ouvrir la porte.

— Mais que faites-vous ici, Ted, à une heure pareille?

Il était en pyjama et levait vers elle un visage désespéré. Il avança dans le salon en manœuvrant son fauteuil roulant. Dilys referma la porte derrière lui.

— Que se passe-t-il, Ted? lui demanda-t-elle avec sollicitude.

Il avait dû sortir de son lit sans aucune aide pour se hisser dans son fauteuil roulant. Il n'aurait pas accompli cet exploit s'il n'avait eu un motif impérieux.

— Je n'arrive pas à dormir, fit-il d'un air égaré en fourrageant de la main dans ses cheveux déjà hirsutes.

— Pourquoi n'avez-vous pas sonné? L'infirmière de garde vous aurait donné un sédatif.

Ted avait l'air d'un animal en cage, luttant désespérément pour s'échapper. Il la regarda d'un air pathétique avant de répondre, en frappant de ses poings les accoudoirs de son fauteuil roulant :

— Ce n'est pas d'un sédatif dont j'ai besoin!

Il cacha son visage dans ses mains, et son corps fut secoué de sanglots rauques.

— Ted... murmura Dilys en passant un bras réconfortant autour de ses épaules.

Il balbutia quelques paroles incompréhensibles et finit par renoncer à parler.

— J'étais sur le point de me préparer une boisson chaude. Vous en prendrez bien une tasse avec moi.

Elle se rendit à la cuisine préparer deux tasses d'ovomaltine qu'elle plaça sur un plateau et, à la réflexion, y ajouta deux petits verres de cognac. Lorsqu'elle revint au salon, elle constata que Ted s'était repris. Il lui sourit, un peu confus.

— Qu'allez-vous penser de moi? fit-il avec embarras. Je suis désolé de m'être laissé aller... Ce n'est pas très viril, n'est-ce pas?

Son amertume consterna Dilys. Elle tenta de le réconforter.

— Cela fait du bien à n'importe qui d'ouvrir les vannes de temps en temps. Cela soulage la tension. Je me demande pourquoi les hommes sont tellement susceptibles à ce sujet... Faire semblant d'être fort ne mène à rien. Si vous me disiez ce qui vous tracasse... Car c'est bien pour me parler que vous êtes venu jusqu'ici... N'est-ce pas, Ted?

— Je suis un fou, répondit-il, farouche. Un pauvre cinglé... Un débile mental! Pour commencer, je me suis mis dans ce pétrin, et ensuite...

— Ensuite quoi? le pressa Dilys.

Il avala son verre de cognac en deux gorgées et sa tasse

d'ovomaltine à la suite. Dilys espéra que le mélange ne le rendrait pas malade. Elle attendit patiemment qu'il se remette à parler.

— J'ai eu un accès de désespoir. Je n'ai pas pu supporter cette prison une minute de plus. Je n'arrivais pas à dormir et j'ai eu une envie folle d'aller faire un tour dans la campagne, au clair de lune. J'ai remarqué que votre lumière était encore allumée. Je suis désolé... Je n'aurais pas dû venir vous déranger. J'avais envie de bavarder un peu, acheva-t-il d'un ton lamentable.

— Je suis là pour cela, répondit Dilys. Mais il aurait été plus facile que je vienne vous voir, si vous me l'aviez demandé. Il vous aurait suffi de sonner.

— Je dois être vraiment cinglé. Je n'y ai même pas pensé.

— Si vous ne voulez pas me dire ce que vous avez sur le cœur, je vais aller me coucher, fit Dilys d'un ton délibérément impatient. J'ai eu une journée fatigante.

Il la regarda, indécis.

— Oui... Je sais... Navré, je vais partir.

— Ted, si vous avez envie de dormir un peu cette nuit, vous ne pensez pas qu'il vaudrait mieux enlever le poids qui vous pèse sur la poitrine d'abord?

— Je me sens stupide. J'ai peur que vous vous moquiez de moi.

— Mettez-moi à l'épreuve.

Il l'observa un moment, puis détournant la tête, il murmura ces quelques mots de façon presque inaudible :

— Je suis amoureux...

Il leva la tête pour la regarder avec méfiance.

— Moi! poursuivit-il. Je suis bel et bien amoureux! Allez-y! Ne vous gênez pas pour rire!

Dilys n'avait pas envie de rire du tout. Un frisson glacé la parcourut. De qui était-il tombé amoureux? Elle espéra qu'il n'avait pas pris sa sollicitude pour un encouragement. Après tout, ce ne serait pas la première fois qu'un malade tombait amoureux d'elle, mais lorsqu'il s'agissait d'un être comme Ted dont l'équilibre émotionnel était perturbé, la chose était délicate. Elle prit son courage à deux mains.

— De qui? lui demanda-t-elle.

Il écarta les mains dans un geste de désespoir.

— De Julie... Julie Ellis.

Lorsqu'il murmura le nom de la jeune infirmière, l'expression de son visage s'adoucit et se transforma totalement.

— De Julie! fit Dilys en souriant de soulagement. Mais ce n'est pas surprenant. Elle est ravissante et c'est une fille adorable...

— Elle est merveilleuse! La journée est interminable quand elle n'est pas là! C'est... c'est un ange!

— Et c'est une excellente infirmière aussi. Et elle, est-elle amoureuse de vous?

— Vous plaisantez! Une fille comme elle, comment voulez-vous qu'elle remarque un infirme inutile de mon espèce! Je suis confiné sur cette chaise pour la vie. Je ne peux même pas aller à la salle de bains sans assistance.

Le dégoût qu'il avait de lui-même était bouleversant.

— Si elle vous aime, ce n'est pas ce qui pourrait arrêter une fille comme Julie. N'oubliez pas qu'elle est infirmière.

— Elle ne pourrait qu'avoir pitié de moi, dit-il d'une voix faible. Je n'ai rien à lui offrir. Je ne peux pas me marier, avoir une famille, une vie normale. Je suis un infirme, un boulet accroché au cou de la société. Et, par-dessus le marché, c'est de ma faute. Mon père avait raison... Il disait qu'un jour, cela finirait mal...

Il parlait à présent sans retenue. Elle l'écouta calmement se libérer de son anxiété, sachant que la dépression était souvent le plus grand problème des gens dans cette situation.

— Ted... Les choses ne sont jamais aussi désespérées qu'on l'imagine.

— Julie est une fille en bonne santé, répondit-il d'une

voix dure. Elle voudra pour mari un homme bien portant. Vous l'imaginez dans mes bras? Elle aurait peur de moi!

— Pourquoi ne pas lui en parler?

— Pour nous embarrasser tous les deux? C'est facile à dire, pour vous, mais je parie que vous n'épouseriez pas un infirme.

— Si je l'aimais? Bien sûr que si! répliqua Dilys un peu en colère.

— Même s'il était incapable de vous le prouver? cria-t-il presque.

— En êtes-vous sûr? fit-elle simplement.

— Je ne peux pas parler de ces choses-là avec vous, protesta-t-il.

— D'accord, fit-elle en riant. Mais vous pouvez en parler au Dr Lewis.

— Cela n'y changera rien, dit-il, obstiné. Je n'ai pas envie d'être ridicule.

— Ted! fit Dilys d'une voix pressante. Personne ne vous aimera si vous n'apprenez pas à vous aimer un peu vous-même. Pourquoi ne faites-vous pas quelque chose de constructif de votre infirmité, au lieu de geindre et de vous attendrir sur votre sort? Vous pourriez aller beaucoup mieux, si seulement vous acceptiez de vous rendre dans un centre de rééducation. J'en connais un excellent à Londres. Je connais le médecin qui le dirige, c'est un ami de mon frère Gordon. C'est l'homme qu'il vous faut. Je ne dis pas qu'il fera des miracles. Vous êtes le seul à pouvoir en faire. Mais je suis convaincue qu'il pourra vous aider.

— A passer mon temps à tresser des paniers ou à me plier à je ne sais quelle thérapie insensée... Non, merci.

— Mais cela ne se passe pas du tout comme vous le dites!

— C'est tout de même non.

— Pourquoi? De quoi avez-vous peur? Vous n'avez pas l'intention de passer toute votre vie à Marshdale, quand-même!

— Pourquoi pas? Il n'y en a plus pour longtemps.

Dilys se tordit les mains d'impatience pour résister à la tentation de lui donner une tape, comme à un petit garçon capricieux.

— Ne soyez donc pas si défaitiste, Ted Lloyd! Il est grand temps d'affronter la vie et d'essayer d'en faire quelque chose. Vous avez de la chance d'être encore vivant.

— Le suis-je? fit-il d'un ton amer.

— Parfaitement! Et si vous reprenez un peu vos esprits, vous ne tarderez pas à être d'accord avec moi. Si vous avez un peu de dignité, vous allez faire quelque chose de positif pour vous. Vous y gagnerez peut-être l'amour de Julie. C'est le moins que vous puissiez faire pour elle, si vous voulez vous marier avec elle, ou avec une autre.

— Je ne peux pas me marier, ne soyez pas stupide.

— Ne me parlez pas sur ce ton! répliqua Dilys. Et laissez les pronostics aux médecins qui savent ce qu'ils disent, quoi que vous en pensiez!

— Vous avez du tempérament, Miss Davies, fit-il d'une voix faible en souriant. Vous n'allez tout de même pas me prendre sur vos genoux pour me donner la fessée?

Dilys fut soulagée de constater que sa vitalité naturelle reprenait le dessus, même dans l'état lamentable dans lequel il se trouvait actuellement. Tout espoir n'était pas perdu.

— Vous êtes beaucoup trop fort pour moi.

Il se mit à rire et tourna son fauteuil vers la porte.

— Excusez-moi de vous avoir ennuyée avec mes histoires. J'aurais mieux fait de demander un somnifère! Merci tout de même de m'avoir écouté délirer. Oubliez ce que je vous ai dit. Oubliez même que je suis venu vous voir. Vous avez peut-être raison, mais... je sais que ce serait une perte de temps. Bonne nuit, Miss Davies.

— Je vais vous raccompagner jusqu'à votre chambre. Nous reparlerons plus longuement de tout cela une autre fois...

Elle poussa le fauteuil de Ted jusqu'à sa chambre et rencontra dans le couloir l'infirmière de garde affolée.

— Monsieur Lloyd! Je me demandais où vous étiez passé! fit-elle en regardant Dilys avec reproche. Je ne savais pas qu'il était avec vous, Miss Davies. Je vais aller avertir la surveillante.

— Vous voilà compromise à présent! fit Ted avec humour.

Dilys se sentit coupable. Il était évident qu'elle aurait dû prévenir Miss Williams dès qu'il était entré chez elle. Elle se promit d'éviter de telles négligences à l'avenir. Elle imaginait déjà Miss Tomlin pinçant les lèvres devant une telle inefficacité

La nuit étant déjà bien entamée, Dilys retourna se coucher, décidée à faire entendre raison à Ted, bien que sa marraine et Greg aient déjà échoué dans cette entreprise. Il existait à présent un élément nouveau : Julie. Elle pourrait agir sur lui comme un catalyseur...

Le lendemain matin, elle saisit la première occasion qui s'offrit pour bavarder avec la jeune infirmière.

— Êtes-vous allée danser hier soir? lui demanda-t-elle d'un ton plaisant.

— Non... A vrai dire, je ne suis pas fanatique de la danse ni de cette musique disco. Maman trouve que je suis un peu casanière et que je suis toujours fourrée à la maison à regarder la télévision ou à lire. Elle pense que je devrais sortir davantage. Je le fais quelquefois pour lui faire plaisir, mais je suis vraiment plus heureuse avec mes livres, fit Julie avec un soupir.

— Ce n'est pas comme cela que vous trouverez un mari, rétorqua Dilys en riant.

— C'est vrai, fit Julie en rougissant légèrement. Mais je ne cherche pas un mari, Miss Davies... Je suis très bien comme je suis.

— Vous n'avez même pas un petit ami?

— Non. Je suppose que je ne devrais pas le dire, mais tous les garçons que je connais manquent tellement de maturité... Ce n'est pourtant pas qu'ils soient plus jeunes que moi, mais ils ne sont vraiment pas adultes.

— Je vois. Vous préférez les hommes plus âgés?

— Oui... D'une certaine façon, admit Julie en riant. Mais pas trop vieux tout de même! Quelqu'un avec qui je puisse parler...

— Je vous comprends parfaitement! Comment avez-vous trouvé Ted Lloyd, ce matin? Il s'est senti un peu déprimé, la nuit dernière...

Le visage de Julie changea immédiatement.

— Vraiment? fit-elle, pleine de sollicitude. Je l'ai trouvé un peu distant avec moi aujourd'hui. D'habitude nous bavardons un peu, mais il a été presque dur avec moi, ce matin.

Elle poussa un profond soupir.

— Quelle honte! J'aimerais que quelqu'un fasse quelque chose pour lui. Miss Jones a essayé de le faire entrer dans un centre pour handicapés, mais il n'a rien voulu savoir. Je suis certaine qu'il pourrait aller beaucoup mieux s'il essayait.

L'éclat soudain qui brilla dans les yeux de Julie n'échappa pas à Dilys. Elle en avait presque les larmes aux yeux, emportée par son élan de sympathie. Dilys se dit qu'il serait maladroit de sa part d'aller plus loin.

— C'est difficile, pour lui, fit-elle. Il est persuadé qu'il ne pourra jamais tomber amoureux, se marier, avoir des enfants, en d'autres mots, mener une vie normale.

— C'est ridicule, répondit Julie avec force. Il y en a bien d'autres, en plus mauvais état que lui, qui le font! Parfois, je me sens si triste pour lui. Mais d'autres fois cela me rend malade!

— Vous ne seriez pas un peu... attirée par lui, Julie?

— Les infirmières, en principe, ne devraient pas tomber amoureuses des malades, Miss Davies, répondit Julie en rougissant de plus belle, mais... J'ai l'impression que j'ai un faible pour lui.

Elle rit soudain, un peu nerveusement.

— Oh! Ne vous en faites pas pour moi, ce n'est pas sérieux. Il me taquine comme toutes les autres infirmières.

Dilys laissa la jeune fille et se dirigea pensivement vers son bureau. En s'y prenant délicatement, elle avait le sentiment que cette situation pouvait se dénouer. Elle était presque sûre que les élans de Julie pour Ted comportaient plus que de la sympathie. Mais lui, ne souffrait-il pas du syndrome courant chez les patients qui tombent amoureux de leurs infirmières?

Miss Tomlin était déjà au bureau lorsque Dilys y entra. Elle l'accueillit avec une certaine froideur, et Dilys se demanda distraitement ce qui avait pu lui déplaire.

— Qu'est-ce qui ne va pas, Miss Tomlin?

— Puis-je vous suggérer de prévenir l'équipe de nuit quand vous recevrez des patients dans vos appartements privés après minuit? Un malade manquant est un cas grave, surtout lorsqu'il s'agit de Ted Lloyd, comme vous devez le savoir. Miss Williams était affolée. Nous n'avons pas besoin de ce genre d'incident au milieu de la nuit pour nous compliquer la tâche... d'autant que ce n'est pas le premier.

Dilys savait qu'elle faisait allusion à M. Jukes, mais ce n'était pas pour cette raison qu'elle se sentait bouillonner de colère. C'était lié aux insinuations que contenait la voix de Miss Tomlin. Elle n'aurait jamais osé parler sur ce ton à sa marraine, Dilys en était sûre. Elle faillit expliquer les raisons de la visite de Ted, mais résista à cette tentation. Elle avait recueilli les confidences du jeune homme et soupçonnait que Miss Tomlin s'empresserait d'étouffer cette idylle dans l'œuf si elle l'apprenait. Elle pourrait même empêcher Julie de voir Ted, et Dilys ne voulait pas qu'une telle chose puisse arriver.

— Vous connaissez certainement l'état mental un peu précaire de M. Lloyd. Nous devons l'avoir à l'œil. Il est sous notre responsabilité.

— Je le sais parfaitement, et je n'ai pas besoin de vos sermons pour me le rappeler, Miss Tomlin! explosa Dilys. Ce garçon souffre d'insomnies. Il avait besoin d'une oreille compatissante et *sympathique* surtout!

Elle vit aux lèvres serrées de la surveillante que le coup avait porté.

— Il n'était pas nécessaire de l'emmener au cottage pour cela.

— Il est venu par ses propres moyens!

— Il ne peut pas s'installer dans son fauteuil tout seul, répondit Miss Tomlin avec un regard de triomphe.

— Il l'a pourtant fait cette nuit! Je suis certaine que vous trouverez à faire des choses plus utiles que de transformer les taupinières en montagnes!

Dilys se rendit compte qu'elle ne faisait qu'aggraver la situation en s'y prenant de la sorte.

— Je suis désolée, Miss Tomlin. J'avertirai l'infirmière de nuit, si cela se reproduit. Mais vous devez comprendre que j'étais plutôt déconcertée de le voir arriver.

Miss Tomlin la regarda d'un air dédaigneux et sortit du bureau sans faire de commentaire. Dilys se laissa tomber sur sa chaise sentant que les événements l'avaient dépassée. Miss Tomlin serait encore plus hostile, désormais.

Dilys regarda ses mains tremblantes et se demanda si ses nerfs n'étaient pas en train de lâcher. Son sommeil avait été épisodique, depuis son arrivée, mais elle en avait l'habitude avant de venir à Marshdale. Elle éprouva le besoin de parler de Ted avec quelqu'un et appela Greg. Le son de sa voix la calma immédiatement.

— Que puis-je faire pour vous, Dilys? lui demanda-t-il.

— Rien d'urgent. J'aimerais vous parler en privé d'une question de routine. Avez-vous quelques instants à me consacrer, après vos consultations?

— Cela peut attendre jusqu'à demain? lui demanda-t-il.

— Eh bien... Je pense que oui, fit-elle, déçue.

— Au son de votre voix, j'ai l'impression que non.

— Demain, c'est votre jour de visite à Marshdale, et vous savez combien il est difficile d'avoir une conversation privée dans ces conditions. Ce que j'ai à vous dire est un peu confidentiel.

Il réfléchit un moment.

— Pouvez-vous venir immédiatement? J'ai encore un patient à voir. Je vous recevrai ensuite.

— Merci. J'arrive..

Elle se sentit tout de suite mieux. C'était curieux, se dit-elle en se changeant pour enfiler un pull, un pantalon et une veste. Comment se faisait-il qu'elle puise un tel réconfort dans l'idée de voir Greg Lewis? En dépit de sa méfiance, de la complexité de leurs rapports et de son hostilité dissimulée, il avait en lui quelque chose d'indéfinissable qu'elle trouvait irrésistible...

6

Dilys aurait préféré ne plus adresser la parole à Miss Tomlin de la journée. Elle prit tout de même la peine de lui faire savoir qu'elle sortait pour se rendre chez le Dr Lewis. La surveillante, encore affectée par le cuisant affrontement de la matinée, ne fit aucun commentaire, en dépit de sa curiosité probable.

Il restait encore un patient dans la salle d'attente du cabinet de consultations. Dilys en profita pour échanger quelques mots avec l'infirmière de Greg, Jill Roberts, qu'elle ne connaissait pas encore.

Greg, le sourire aux lèvres, l'invita à entrer dans son bureau dès qu'il eut raccompagné son dernier patient, et à prendre place dans un profond fauteuil de cuir. Il resta debout, l'observant avec attention.

— Vous avez l'air fatiguée et tendue, fit-il sans ménagements. Marshdale est en train de prendre le dessus! Vous voulez que je vous prescrive un remontant?

— Je ne suis pas venue vous consulter pour moi. Je vais très bien. Je n'ai pas beaucoup dormi la nuit dernière, c'est tout... J'ai besoin d'un conseil au sujet de Ted Lloyd.

— Ma chère, je persiste à vous considérer comme ma patiente.

Ma chère! Sa langue avait dû fourcher! Dilys sentit sa méfiance se réveiller.

— Je ne suis ni malade, ni surmenée, Greg, ne vous en déplaise, ainsi qu'à Miss Tomlin et au Major!

La méfiance de tante Gladys à l'égard de Greg remontait soudain à sa mémoire. Elle s'en voulut d'être venue. Une vague de colère et de déception la submergea.

— Vous aimeriez tous me voir craquer. Aucun de vous ne peut se faire à l'idée que je suis capable de diriger Marshdale! Ce n'est pas un grand hôpital, vous savez... Ce n'est qu'une petite maison de santé!

Elle détourna la tête pour cacher le flot d'émotions qui la faisait sortir de ses gonds pour la seconde fois de la journée. La situation était-elle en train de lui échapper réellement des mains? Le désespoir l'envahit, et elle éclata en sanglots.

Il se précipita auprès d'elle, appuya sa tête contre lui, la berça comme une enfant, un bras autour de ses épaules.

— Dilys! Dilys... Mais qu'est-ce que ces bêtises que vous racontez?

Il essuya les larmes qui ruisselaient sur les joues de Dilys de ses longs doigts frais et lui sourit. Elle n'aurait su dire s'il était satisfait de la voir s'effondrer, car son visage ne montrait que de la sollicitude. Comme elle aurait aimé savoir si elle pouvait vraiment compter sur lui!

— Allez, courage!... Vous êtes un peu surmenée, même si vous n'avez pas envie de le reconnaître. Mais si vous ne voulez pas me laisser vous examiner, j'insiste pour vous emmener déjeuner dans un endroit calme et reposant où nous pourrons parler de tout ce qui vous tracasse... L'ennui avec vous, Dilys, ce n'est pas que vous n'êtes pas à la hauteur de votre tâche, mais plutôt que vous la prenez trop à cœur.

Si seulement elle pouvait croire qu'il ne faisait pas de l'humour à ses dépens...

— Je ne sais pas pourquoi je me suis emportée comme cela, fit-elle en ravalant son chagrin... Je suis sûrement fatiguée. J'irai mieux après une bonne nuit de sommeil. Au sujet de Ted...

Il lui tapota l'épaule et dit d'un ton autoritaire :

— Pas maintenant! Ce sont les ordres du docteur! Nous allons déjeuner. J'ai faim. Je n'ai pas eu le temps de déjeuner ce matin. Vous non plus sans doute. Je connais un petit pub agréable où nous ne serons pas dérangés. Allez vous refaire une beauté, pendant que je dis quelques mots à Jill.

Il lui désigna la porte de la salle de bains et sortit. Elle ne pouvait refuser, car cet entretien pouvait être de première importance pour Ted. Elle s'aspergea le visage d'eau fraîche, se poudra le nez, remit une nouvelle couche de rouge à lèvres, et lorsqu'elle le rejoignit dans la salle d'attente où il bavardait avec Jill, son visage ne gardait plus trace des larmes qu'elle avait versées. Greg la regarda et lui fit un sourire approbateur.

— Allons-y! fit-il.

Dilys surprit le regard curieux mêlé de sympathie de Jill. Greg avait dû la mettre au courant.

— Où allons-nous? demanda Dilys.

— Au *Puits des Druides*. C'est un joli petit restaurant, à quelques kilomètres d'ici. Vous allez l'adorer. C'est une vieille maison pleine de charme.

Dilys se détendit sur le siège confortable de la voiture et observa le paysage en silence. Elle ne commit pas alors l'erreur de lui faire remarquer que pour une fois, il conduisait à une vitesse raisonnable. Quelques minutes plus tard, ils arrivèrent dans un petit village niché au creux des collines.

— Le puits est dans le jardin, dit Greg lorsqu'ils entrèrent dans le bar au plafond bas. On raconte que son eau a des propriétés magiques et qu'elle guérit toutes sortes de maladies.

— Comme la source de Marshdale, fit Dilys.

— Et tout comme à Marshdale, les indices qui le rattachent aux Druides sont minces et probablement légendaires.

Le bar était pratiquement vide. Le barman, visiblement, connaissait très bien Greg. Il prononça quelques mots en gallois. Greg répondit dans la même langue, regarda Dilys et rit doucement.

— Qu'a-t-il dit? demanda Dilys.

— Il m'a dit que vous étiez la plus jolie fille que j'aie amenée ici. Je lui ai répondu qu'il s'agissait strictement d'une réunion de travail!

— Ce n'est pas ce que j'ai compris, répliqua le barman en jetant un coup d'œil en coin à Greg.

Dilys se sentit un peu gênée.

— Dan! Ne soyons pas grossiers. Ne parlons pas gallois devant une dame. Dilys est galloise aussi. Si elle reste au Pays de Galles, nous devrons la persuader d'apprendre la langue de ses ancêtres. Vous savez que votre marraine parlait notre langue? fit-il d'un air moqueur.

— Vraiment? Eh bien, j'essaierai de m'y mettre quand j'aurai le temps...

— A propos de temps! Dan, nous n'avons pas la journée pour bavarder, alors, si vous nous conduisiez à notre table?

— Je suis désolée de ce qui s'est passé tout à l'heure, expliqua Dilys lorsqu'ils furent installés à l'écart. Je suppose que je suis énervée à cause d'un accrochage un peu vif que j'ai eu ce matin avec Miss Tomlin...

Elle poussa un soupir de résignation.

— C'est normal, répondit-il avec sympathie. Vous êtes dans une situation délicate, avec elle. Je ne vois pas comment je pourrais vous aider.

— Je n'y comptais pas. C'est de Ted dont je suis venue vous parler.

— Je pense qu'il vaudrait d'abord mieux parler de vous, mais allons-y. Que se passe-t-il avec Ted?

— Il est amoureux.

Greg éclata de rire.

— De vous? Oh! Dilys... C'était inévitable. C'est ennuyeux pour vous.

— Pas de moi! De la petite Julie Ellis...

— Ah!... fit-il en reprenant son sérieux. Et elle, que pense-t-elle de tout cela?

— J'ai essayé de la sonder un peu. A mon avis, il ne lui est pas indifférent. C'est une fille charmante, très compétente. C'est exactement la fille qu'il faudrait à Ted. Mais je me demande si j'ai le droit de les encourager.

— Pourquoi pas?

— J'espérais cette réponse de vous. C'est aussi mon opinion.

— Dans ce cas, où est le problème?

— Dans la tête de Ted. Il considère qu'il est incapable de mener une existence normale. Vous savez qu'il a refusé plusieurs fois tout traitement de rééducation. La nuit dernière, il est sorti de son lit tout seul pour venir dans son fauteuil roulant parler avec moi.

Greg leva vivement la tête avec intérêt.

— Tiens, tiens!... J'ai toujours pensé que ce jeune homme souffrait d'une exagération psychosomatique de son invalidité.

— Je ne voudrais pas faire pression sur lui en faisant miroiter à ses yeux un espoir qui pourrait être déçu. Honnêtement, quelle est votre opinion, Greg? Vous croyez qu'il pourrait arriver à vivre normalement, avec une fille comme Julie pour s'occuper de lui? Son état est-il susceptible de s'améliorer au point qu'il parvienne à être totalement indépendant?

— Je ne suis pas un spécialiste en matière de paraplégie, mais j'ai l'impression que beaucoup de choses se passent dans sa tête. Si Julie peut arriver à le convaincre de suivre un traitement approprié, tous les espoirs sont permis... Vous êtes sur la bonne voie, Dilys, et je trouve que vous êtes formidable de vous donner tout ce mal...

Le regard d'admiration de Greg fit rougir un peu Dilys. C'était la deuxième fois de la journée qu'il lui faisait un compliment.

— Il se peut que Julie le repousse, et c'est ce qui me tracasse. Il pourrait en être encore plus désespéré... Pensez-vous qu'il soit raisonnable de courir ce risque?

— C'est une situation délicate... Mais vous avez l'air d'en avoir l'habitude. Je suis certain que vous allez vous en sortir avec tact.

— Il faudra que je sois plus diplomate que je ne l'ai été avec Miss Tomlin...

— Ce n'est pas tout à fait la même chose, répondit-il avec un sourire rassurant.

— Greg, j'ai encore une question à vous poser. Ce qui préoccupe le plus Ted, c'est qu'il se croit incapable d'avoir une vie sexuelle normale, d'avoir des enfants...

Il prit le temps de réfléchir avant de répondre.

— Objectivement, je ne vois pas de raison physique qui puisse l'en empêcher. Julie Ellis est plus attrayante qu'un fauteuil roulant. Et s'il est capable de sortir de son lit pour grimper dans son fauteuil...

Dilys se sentit ridiculement embarrassée et prit un ton professionnel pour lui poser la question qui lui tenait à cœur.

— Il existe des tests qui pourraient confirmer qu'il n'est pas stérile...

— ... Et vous voudriez que j'aie une petite conversation avec lui pour lui en parler? C'est bien cela?

— Je vous en prie... Je pourrais le faire entrer à Linderfield.

Elle lui expliqua que le Dr Peter Wilmington était un ami de son frère, et qu'elle avait la certitude qu'il accepterait de prendre Ted dans son service.

— Si vous réussissez à le convaincre, ce serait évidemment ce qui serait préférable pour lui.

— J'ai lu un article dans le *British Medical Journal,* il y a un ou deux ans, qui parlait des méthodes de Peter à Linderfield. Vous en avez peut-être un exemplaire. Si vous pouviez lui faire lire cet article...

— Excellente idée... Mais cela pose encore un autre problème. Linderfield est un établissement privé. Il faudrait que le père de Ted soit d'accord pour payer les frais d'une rééducation...

— Il acceptera certainement! répondit Dilys qui n'avait pas prévu cet obstacle.

— Je n'en suis pas certain... La relation entre le père et le fils est assez bizarre. J'ai l'impression qu'il en a plus qu'assez des problèmes de son fils...

— Mais si vous lui en parliez.
— C'est bien entendu ce que je vais faire.
— Il faut qu'il accepte, plaida Dilys avec véhémence. Ted est son fils, et d'après ce qu'il m'a dit, son père n'est pas à court d'argent...
Elle regarda Greg, pleine d'espoir et de reconnaissance.
— Je vous remercie pour ce déjeuner délicieux. Je me sens beaucoup mieux à présent. Vous m'avez redonné de l'espoir, pour Ted.
— Ne vous faites pas trop d'illusions... Et surtout, si vous voulez continuer à vous occuper de Marshdale, ne laissez pas les problèmes de vos patients vous empêcher de dormir.
Elle évita son regard, prise d'un sentiment de culpabilité.
— Je sais... Vous pensez toujours que j'ai les yeux plus grands que le ventre...
Il tendit le bras à travers la table pour lui prendre la main fermement.
— Dilys, promettez-moi de ne prendre aucune décision précipitée sans m'en parler auparavant, lui dit-il d'un air anxieux.
S'inquiétait-il à son sujet, ou attendait-il le moment opportun pour lui conseiller de vendre Marshdale au Major, pour sauvegarder sa santé? Elle préféra rester sur ses gardes et retira sa main.
— Je suis un peu fatiguée aujourd'hui, mais cela ne veut pas dire que j'ai l'intention d'abandonner. Je resterai encore très longtemps à Marshdale.
Elle lut avec rancœur dans son regard qu'il avait l'air d'en douter. Elle se connaissait mieux que lui, tout de même!
— Il faut que je rentre, fit-elle. Je suis partie depuis longtemps, et Miss Tomlin ne sait pas où me joindre.
— Jill le sait. Je suppose que vous avez prévenu Miss Tomlin que vous veniez me voir?

— Oui, mais je préfère ne pas m'absenter trop longtemps.

Il l'aida à enfiler sa veste.

— La maison ne va pas s'écrouler si vous n'y êtes pas, mais si vous insistez, je vais vous reconduire.

Sur le chemin du retour, ils échangèrent à peine quelques mots et se plongèrent dans leurs pensées respectives. Dilys ne se sentait pas parfaitement à l'aise avec lui, mais malgré les doutes qui l'assaillaient, quant à sa sincérité, elle avait l'impression, aujourd'hui, qu'une barrière invisible avait été franchie. Elle se sentait plus heureuse et plus détendue que le matin. Elle le devait à la présence rassurante de Greg et, elle dut l'admettre, à sa charmante compagnie. Elle l'observa à la dérobée et se surprit à souhaiter qu'il ne fût pas aussi entiché de Caroline Phillipson, pour lui accorder sa confiance sans réserve.

Aujourd'hui, il l'avait traitée en égale lorsqu'ils avaient discuté du cas de Ted. Si seulement elle pouvait croire à sa sincérité!

Dilys ne remarqua pas immédiatement la voiture rangée près de la sienne devant le cabinet de consultation de Greg. Elle entendit Greg retenir sa respiration, et murmurer un « zut » à peine audible. Elle reconnut alors la voiture sport d'un rouge voyant de Caroline Phillipson. Elle devait les avoir observés de la fenêtre de la salle d'attente, car elle surgit de la maison d'un air furibond. Elle gratifia Dilys d'un regard glacial et se planta devant Greg.

— Voilà donc l'entretien de travail urgent qui vous a obligé à remettre notre rendez-vous?

— Miss Davies et moi avions besoin de parler d'un cas difficile et urgent.

— N'espérez pas me faire croire à cette histoire! De quel cas urgent s'agit-il?

Greg avait du mal à cacher sa colère.

— Croyez ce que bon vous semble! Vous devriez savoir que tous les entretiens concernant un malade sont confidentiels.

— Que ce soit confidentiel, je n'en doute pas! répondit Caroline avec aigreur.

Dilys eut presque envie d'éclater de rire. Comme elle l'avait pressenti, il n'était pas facile de prendre les exigences de Caroline Phillipson à la légère, pour quelque motif que ce fût, même s'il était justifié.

Peu désireuse d'assister à une scène, Dilys battit en retraite à la hâte.

— Merci de m'avoir consacré un peu de votre temps, docteur Lewis. Merci aussi pour vos conseils, et pardonnez-moi d'avoir dérangé vos projets.

Elle se tourna ensuite vers Caroline.

— Je regrette d'être la cause de ce rendez-vous manqué, mais il était urgent que je parle au Dr Lewis. Ne soyez pas fâchée après lui. C'est entièrement de ma faute.

— Je n'en doute pas! riposta Caroline, l'œil étincelant de rage.

Dilys entra dans sa voiture et démarra. Elle les vit dans son rétroviseur la regarder s'éloigner, d'abord figés, puis ils entrèrent dans la maison. Greg tenait Caroline par les épaules, étroitement serrée contre lui.

Aurait-il réellement l'intention de l'épouser?

Dilys se sentit complètement déprimée à nouveau.

7

En rentrant à Marshdale, Dilys dut affronter le regard nettement réprobateur de Miss Tomlin.

— Les consultations du Dr Lewis sont terminées depuis des heures. Je pensais que vous seriez là plus tôt.

— J'ai déjeuné dehors.

Elle ne vit aucun moyen d'empêcher Miss Tomlin d'en tirer ses conclusions, sans mentir délibérément. A son air pincé, elle comprit que c'était chose faite.

— J'espère qu'il ne vous a rien trouvé de grave. Vous n'avez pas très bonne mine, ces temps-ci...

— Je suis un peu fatiguée, c'est tout. J'ai du sommeil à rattraper.

Miss Tomlin grommela quelques mots qu'elle ne put comprendre et la quitta, le dos raide.

Dilys ne dit rien à Ted ni à Julie de sa discussion avec le Dr Lewis. Elle ne voulait surtout pas risquer la moindre maladresse qui pourrait gâcher un sentiment naissant. L'amour, elle en était sûre, aurait le pouvoir de transformer Ted. Mais elle ne voulait à aucun prix user de son influence sur cette fille charmante et sensible dont le bonheur lui importait autant que celui de Ted. Elle pourrait prendre sa compassion pour de l'amour.

Dilys attendit dans l'inquiétude que Greg ait parlé au père de Ted. Malheureusement, le vieil homme s'était absenté pour quelques jours, lui apprit Greg au cours de sa visite de routine. Elle dut refréner son impatience.

En étudiant les dossiers de ses patients, Dilys s'aperçut que la vieille Mme Edwards fêterait son quatre-vingt-cinquième anniversaire dans quelques jours. Elle décida de célébrer cet événement, ce qui procurerait une agréable diversion à tout le monde. Elle chargea Julie des préparatifs de la fête.

— Vous devriez demander à Ted de vous aider, lui suggéra-t-elle. Il pourrait décorer la petite salle d'attente, en bas, avec les guirlandes de Noël qui restent, et demander à la cuisinière de faire quelques gâteaux.

— Elle va adorer cette idée, répondit Julie, enthousiaste. Mme Edwards est sa préférée, avec Ted! Elle n'arrête pas de le gaver de friandises. Mais, je ne sais pas si Ted voudra m'aider. Il me regarde parfois comme s'il me détestait. Mais je le lui demanderai tout de même. Oh!... Vous ne pensez pas que nous devrions lui offrir un petit cadeau d'anniversaire, Miss Davies? Nous pourrions tous contribuer...

— C'est une idée charmante, Julie! Essayez d'emmener Ted avec vous pour le choisir. Il a vraiment besoin de mettre le nez dehors, de temps en temps.

Julie parut douter de la réussite d'un tel projet.

— Il refuse systématiquement tout ce qu'on lui propose. Il a l'air d'avoir peur...

— Si c'est vous qui le lui demandez, il acceptera peut-être.

Un moment plus tard, Julie, consternée, revint dire à Dilys que Ted refusait tout net de participer aux préparatifs.

— Il s'est renfermé dans sa coquille, depuis quelques jours, fit Julie, désespérée. Il ne sortira jamais tant qu'on devra le pousser dans son fauteuil roulant. Je lui ai dit qu'il finirait par en mourir. Il m'a répondu que ce serait parfait, et que le plus tôt serait le mieux! Je ne sais pas ce que je lui ai fait, mais il est particulièrement odieux avec moi, ces temps-ci.

Dilys était certaine de savoir pourquoi il se comportait

ainsi. Elle décida sur-le-champ qu'il avait besoin d'être un peu houspillé. Elle alla droit à la chambre de Ted. Elle savait qu'il regrettait sa confession et se sentait mal à l'aise chaque fois qu'il les voyait, Julie et elle. Mais il n'avait aucun droit d'être odieux avec Julie pour autant.

— Bon! Cela a assez duré, Ted! explosa-t-elle en entrant. Pour qui vous prenez-vous? Vous n'êtes qu'un égoïste... Vous n'avez même pas la générosité de faire plaisir à une vieille dame qui vous aime énormément. Ni le courage d'aller aider à lui choisir un cadeau! Ni celui d'accrocher quelques guirlandes pour lui faire une fête!

— Qu'est-ce que vous attendez de moi, au juste? Que je fasse de la figuration intelligente, pendant que Miss Ellis grimpera sur les escabeaux? fit-il d'un ton aigre, sans cesser de feuilleter sauvagement les pages d'une revue qu'il était en train de lire lorsqu'elle était entrée.

— Ce n'est pas tout, poursuivit Dilys. Je ne veux pas que vous malmeniez mes infirmières avec votre mauvaise humeur. Car vous êtes d'une humeur de chien enragé, n'est-ce pas? Mais vous n'avez pas à vous en prendre à une gentille infirmière, ni à une vieille dame percluse d'arthrite. Vous pourriez peut-être commencer un peu à vous intéresser aux autres, plutôt que d'avoir les yeux braqués sur votre nombril! Bien des gens sont dans un état pire que le vôtre!

Il rougit de colère et détourna résolument la tête.

— Vous êtes toutes les mêmes! grommela-t-il furieusement. Vous trouvez ça normal, vous! Que tout ce que vous avez à faire, c'est d'être gentilles, pour que je vous en sois éternellement reconnaissant. Vous devriez essayer un peu de fauteuil roulant...

— Oh, Ted! Ne me servez pas ce couplet! dit-elle d'un ton impatient. Vous êtes un homme adulte, intelligent. Vous ne trouvez pas qu'il serait temps de vous accrocher à la vie, au lieu d'abandonner comme un lâche? Votre journée serait mieux remplie, si vous alliez avec Julie choisir un joli cadeau pour Mme Edwards, et si vous l'invitiez ensuite à prendre le thé au *Copper Kettle*. Je me demande ce que vous y trouvez à redire...

— Vous le savez parfaitement. Vous connaissez mes sentiments pour Julie.

— Ted... Ne la repoussez pas... Laissez-lui voir que vous l'aimez bien...

— Elle ne s'intéressera jamais à moi, dit-il simplement. Je voudrais que quelqu'un d'autre s'occupe de moi. Ce serait plus qu'une faveur.

— Elle ne risque pas de s'intéresser à vous, avec votre fichu caractère. Vous n'avez pas été spécialement aimable, ces temps-ci.

Il la regarda d'un air buté.

— Fichez-moi la paix, fit-il d'un ton las. J'en ai assez, de tous vos conseils...

Dilys le quitta en se demandant si elle n'avait pas fait qu'aggraver la situation en s'attaquant ainsi à lui. Mais il fallait absolument qu'il se passe quelque chose, pour le tirer de cette apathie et de cette morosité... Il se pourrait qu'un jour, il franchisse un point de non-retour. Elle était décidée à agir avant qu'il ne soit trop tard.

Elle alla cueillir quelques fleurs dans le jardin pour s'accorder un moment de diversion. Elle était tellement plongée dans ses réflexions qu'elle n'entendit pas les pas approcher dans l'allée de briques rouges. Elle sentit soudain que quelqu'un était en train de l'observer et leva la tête en sursautant. C'était Greg Lewis.

— Hello, Greg! dit-elle, le cœur battant de plaisir. Je ne vous attendais pas aujourd'hui. Je n'ai pas entendu votre voiture arriver.

— Vous aviez l'air très préoccupée, remarqua-t-il en redressant sa coiffe et en effaçant du doigt les lignes qui se creusaient entre ses sourcils froncés.

Elle rougit légèrement.

— C'est encore Ted Lloyd! Vous vous en doutez... Je ne suis pas sûre de m'y être bien prise, avec lui. Nous venons de nous disputer assez vivement. Je lui ai demandé d'aider Julie à choisir un cadeau pour Mme Edwards. C'est son anniversaire, et j'ai l'intention d'organiser une petite fête à l'heure du thé pour ses quatre-vingt-cinq ans. Vous viendrez, Greg, j'espère? Elle serait si heureuse.

— J'essaierai, promit-il avec un sourire. Je vois que vous avez décidé de les rassembler, ces deux-là...

— Je ne sais pas si je fais bien d'encourager cette idylle...

— On dit que le rire est le meilleur des remèdes, répondit-il en la regardant au fond des yeux. Mais dans ce cas, je suis d'accord avec vous, l'amour est un remède encore meilleur. Allons, cessez de vous faire du souci comme cela...

Il lui souleva le menton pour la contempler en souriant affectueusement. Elle recula d'un pas. Son regard et son contact la troublaient.

— Greg, vous avez vu le père de Ted? lui demanda-t-elle anxieusement

Il acquiesça.

— C'est pourquoi je suis ici.

Il regarda en direction du cottage.

— Pouvons-nous entrer chez vous un moment?

— Naturellement, répondit Dilys avec empressement en ramassant son panier de fleurs.

Ils entrèrent dans la maison.

— Vous l'avez faite vôtre, cette maison, dit-il en admirant les sculptures africaines en bois qu'elle avait placées sur le manteau de la cheminée.

— Café?

— Merci, dit-il en la suivant dans la cuisine pour lui raconter son entrevue avec le père de Ted. Je vous apporte de bonnes nouvelles. Le vieux Lloyd est d'accord pour envoyer Ted à Linderfields. Il a d'abord fait quelques difficultés, mais j'ai fini par le convaincre que ce ne serait pas de l'argent gâché, et qu'il serait criminel de sa part de refuser de payer le traitement. Le vieux est terriblement près de ses sous et n'a aucune envie de gaspiller de l'argent. Il prétend qu'il en a déjà suffisamment dépensé pour Ted. Il a fait les frais de son éducation, m'a-t-il dit, pour le voir traîner la savate comme un propre à rien, parcourir la campagne avec sa moto, et courir les filles, en refusant catégoriquement d'entrer dans l'affaire familiale de transactions immobilières.

— Il y avait sans doute déjà un cas d'incompatibilité avant l'accident de Ted, on dirait...

— Absolument! La mère de Ted est morte en couches, c'est peut-être l'explication. Cette situation est bien connue. Le père en veut à son fils d'avoir coûté la vie à sa femme, dans son subconscient. Son sentiment de culpabilité le pousse ensuite à gâter son fils à l'excès, en lui accordant tout ce qu'il veut...

— Sauf de l'amour... murmura Dilys tristement.

— Exactement. Ted s'est révolté et a refusé d'entrer dans le moule préparé pour lui, préférant sombrer dans une existence sans signification. Ted a besoin d'avoir un but, plus que jamais. Si Julie accepte de l'être pour lui, il se pourrait que cette histoire finisse bien. Bien qu'il se refuse à l'admettre, M. Lloyd a très envie de voir son fils. C'est probablement pareil pour Ted. Mais ils sont tous les deux trop orgueilleux pour reconnaître qu'ils ont envie de se réconcilier.

— J'aimerais bien connaître vraiment les sentiments de Julie pour Ted. Malheureusement, Ted la repousse, pour l'instant, de toutes ses forces. C'est probablement un réflexe d'auto-défense. Je ne sais pas si elle le supportera encore longtemps.

Elle transporta le plateau de café au salon, toujours suivie de Greg, et ils s'y installèrent confortablement. Dilys sentit les doigts de Greg frôler les siens lorsqu'elle lui tendit sa tasse à café. Il la regarda avec une étrange expression, comme si elle l'intriguait. Dilys déplora qu'il eût sur elle un effet aussi magnétique, mais le fait qu'elle ne lui faisait pas totalement confiance ne changeait rien à l'affaire. Elle avait du mal à résister à l'attirance qu'il exerçait sur elle.

— Vous allez apprendre à Ted ce que son père a dit? Si vous y alliez maintenant?

Greg termina son café et se leva pour aller rincer sa tasse à la cuisine. Dilys, un peu surprise, le suivit avec le plateau. On sentait qu'il vivait seul et qu'il avait fait ce geste automatiquement.

— Je vais aller bavarder un peu avec lui, dans un petit moment, répondit-il comme s'il répugnait à la quitter déjà.

Dilys attrapa les fleurs pour les mettre dans l'eau, et Greg reprit sa trousse.

— Je vous laisse parler avec Ted seul à seul. Pendant ce temps, je vais m'occuper de ces fleurs.

Elle venait de terminer de disposer les fleurs dans des vases lorsque Greg fit irruption dans la buanderie. Elle le regarda, consternée.

— Que se passe-t-il, Greg?

— Rien, fit-il en riant. Ted est sorti! D'après Miss Williams, il est allé avec Julie au village. S'ils ne trouvent rien qui leur plaise, ils iront jusqu'à Bangor! Vos paroles ont fini par porter leurs fruits, à mon avis.

Dilys sentit ses jambes se dérober sous elle et se laissa tomber sur un grand tabouret.

— Oh! Greg!... Vous ne pouvez savoir à quel point je suis soulagée. J'ai l'impression que tout va s'arranger!

A sa stupéfaction, Greg l'attrapa dans ses bras et la serra contre lui. Elle sentit sa coiffe chavirer sur sa tête et entendit qu'il respirait profondément. Il lui releva le visage, et une étrange expression passa dans ses yeux voilés de cils aussi longs que ceux d'une femme, donnant à son regard une tendresse inattendue. Lorsqu'il abaissa ses lèvres vers celles de Dilys, elle se sentit incapable de résister au baiser qui allait suivre inévitablement. Soudain, la porte s'ouvrit à la volée, et elle entendit la voix pincée de Miss Tomlin qui disait :

— Excusez-moi, Miss Davies. On vous demande au téléphone.

Greg ne sembla pas le moins du monde embarrassé.

— Vous ne devriez pas effrayer les gens comme cela, Miss Tomlin, dit-il d'un ton brusque. Miss Davies avait un petit insecte dans l'œil. Vous devriez peut-être pulvériser votre jardin d'insecticide, fit-il à Dilys en souriant d'un air espiègle. Tout va bien, maintenant?

— Très bien, merci, docteur Lewis.

Elle s'échappa pour répondre au téléphone en pestant contre Miss Tomlin. Pourquoi fallait-il qu'elle soit arrivée juste à ce moment-là! Et chose plus importante encore, elle se demanda pourquoi Greg s'était comporté de cette façon. Ce n'était pas la première fois qu'elle avait cette étrange impression, et chaque fois, il avait l'air spontané et loin de tout calcul. Pourquoi se défendait-elle si fort contre son attirance envers lui? « Non », se dit-elle. « Je ne baisserai pas ma garde! »

Lorsqu'elle eut terminé sa communication téléphonique, Greg entra dans son bureau.

— Je parlerai à Ted la prochaine fois que je viendrai. A moins que vous ne le fassiez vous-même.

— Non. Je préfère que vous vous en chargiez, répondit-elle sans oser affronter son regard.

Lorsqu'elle se décida enfin à lever les yeux, il n'y avait plus trace sur son visage de la tendresse qu'elle y avait surprise quelques instants plus tôt. A le voir aussi détaché, elle aurait pu croire qu'il ne s'était jamais rien passé dans la buanderie.

Et Dilys se surprit à guetter avec impatience la visite suivante de Greg! Elle avait à peine la patience d'attendre qu'il ait parlé à Ted. Elle était très réconfortée par le succès de son sermon. Ted et Julie avaient fini par rentrer de leur expédition qui les avait menés jusqu'à Bangor. Ils avaient l'air en pleine forme tous les deux, ce qui contrastait de façon saisissante avec la rage noire de Ted et le calme désespoir de Julie que Dilys avait connus. Les yeux de Julie avaient un éclat particulier. Elle vint lui montrer un peu plus tard le ravissant châle tricoté à la main qu'ils avaient acheté.

— Nous l'avons choisi de couleur mauve. Ted a dit que c'était sa couleur préférée.

— Tiens! Comment le sait-il? s'étonna Dilys.

— Il est très observateur, répondit Julie en riant.

Elle raconta à Dilys que Ted n'avait pas du tout été affecté d'avoir été poussé dans son fauteuil et qu'il avait même supporté avec bonne humeur les efforts qu'il avait dû fournir pour entrer et sortir de la voiture à plusieurs reprises.

— Je ne sais vraiment pas ce qui s'est passé. Il était tout à fait différent. Il a insisté pour m'inviter à déjeuner en disant que nous avions tout notre temps. Je savais que vous vouliez qu'il sorte, alors je n'ai pas discuté. J'espère que vous n'êtes pas contrariée.

— Vous avez absolument bien fait, la rassura Dilys. Je pense que Ted a reçu l'impulsion dont il avait besoin.

Elle ne parla pas à Julie de Linderfield. Elle voulait que ce soit Ted qui le fasse. La réaction spontanée de Julie pouvait être un très grand encouragement pour lui.

Greg revint le lendemain un peu plus tôt qu'à l'heure prévue pour l'anniversaire de Mme Edwards, pour avoir le temps de parler à Ted avant. Dilys lui fit part du succès de l'expédition des deux jeunes gens et ajouta que Julie lui avait demandé la permission de sortir Ted de temps en temps pour l'emmener chez elle.

— Quand il s'apercevra que sa vie n'est pas finie, j'ai l'impression que les progrès seront rapides. Vous avez fait du bon travail, Dilys. Il est à présent dans de bonnes dispositions d'esprit pour m'écouter.

Dilys fut profondément émue de son compliment. Le temps que Greg passa auprès de Ted, elle fut incapable de se concentrer sur le travail de routine qu'elle avait entrepris. Elle revint dans son bureau attendre impatiemment son retour en pianotant des doigts sur la table. Lorsqu'il finit par arriver, elle lut sur son visage que ses inquiétudes étaient vaines.

Greg vint s'asseoir au bord de son bureau.

— Il a un peu résisté au début, mais il a fini par accepter. Il faut battre le fer tant qu'il est chaud avec lui. Vous avez fait le nécessaire pour Linderfield?

— Je vais téléphoner à Peter dès que je pourrai. Pour l'instant, nous ferions mieux de descendre prendre le thé avec Mme Edwards.

Dès que la fête fut terminée, elle appela Peter Wilmington.

— Envoyez-moi ce garçon aussitôt que possible. Si vous me dites que c'est urgent, nous lui trouverons bien une place quelque part.

Dilys raccrocha l'appareil en souriant. Peter était le seul à ne pas avoir manifesté d'étonnement lorsqu'il avait appris qu'elle dirigeait une maison de santé. C'était fort agréable, pour une fois...

Le transport de Ted à Linderfield posait un problème que Dilys résolut en partant l'accompagner elle-même. Elle en profiterait pour exposer le cas de Ted plus facilement qu'au téléphone, et pour passer un jour ou deux avec ses parents, en attendant le diagnostic de Peter sur le cas de Ted Lloyd.

Le père du jeune homme ne vint pas le voir avant son départ de Marshdale, et Ted, de son côté, n'exprima pas non plus le désir de le rencontrer. Il ne fallait peut-être pas fonder trop d'espoir sur une réconciliation. Ted resta silencieux pendant presque tout le voyage. Dilys savait qu'il était nerveux et angoissé. Julie lui manquait probablement déjà. Au moment du départ, elle avait déposé un baiser rapide sur la joue de Ted avant de s'enfuir précipitamment, mais Dilys avait eu le temps de remarquer qu'elle avait les yeux brillants de larmes. Cette séparation pouvait être un tournant décisif pour tous les deux.

Arrivée à Linderfield, Dilys présenta Ted à Peter et, à son grand soulagement, Ted serra la main du médecin avec chaleur, avant d'être remis aux soins d'une jeune et charmante infirmière.

— Ne vous en faites pas pour lui, dit Peter à Dilys. Ces jeunes sont pleins d'énergie quand on leur apprend à l'utiliser. Il est assez éprouvé, sur le plan psychologique, c'est son plus gros problème. Téléphonez-moi avant de repartir. J'essaierai de vous donner un diagnostic plus définitif. Ce ne sera qu'une estimation, comme d'habitude...

Le cœur plus léger, à présent qu'elle savait son patient

en bonnes mains, Dilys se rendit chez ses parents qui habitaient aux abords de Londres. Elle tomba au milieu d'une petite crise familiale.

— Ah! Dilys! Que c'est bon de te voir! s'écria sa mère. Comme tu as l'air fatiguée, ma chérie! Mon Dieu! Tu es sûre que ce n'est pas trop dur pour toi, à Marshdale?

Mme Davies enveloppa sa fille d'un regard anxieux.

— Maman! Je t'en prie, protesta Dilys. J'adore mon travail! Je suis fatiguée par le voyage, c'est tout!

— Alors! Qui s'occupe de la maison, pendant que tu te promènes par ici? dit son père en riant.

— Une certaine Miss Tomlin, papa! De toute façon, pour elle, je suis de trop...

Tout au long du dîner, Dilys répondit aux innombrables questions que lui posèrent ses parents au sujet de Marshdale.

— Je suis heureuse que tu t'y sois installée, lui confia sa mère. Nous nous sommes toujours un peu inquiétés à ton sujet quand tu étais loin. Maintenant, je sais où tu es et ce que tu deviens.

— Oui, dit son père en hochant la tête. Cette fois, je crois bien que tu as fini par trouver ta place!

— C'est bizarre, mais moi aussi! J'ai des problèmes, mais je crois qu'avec le temps, je m'en sortirai... Certains ont du mal à m'accepter parce que je parais trop jeune et trop inexpérimentée pour diriger la maison. Je suis d'un style un peu différent de celui de tante Gladys. Et bien entendu, Miss Tomlin m'en veut...

— C'est normal, fit son père. S'il n'y avait pas quelques problèmes, c'est cela qui ne serait pas normal, et tu te serais déjà lassée de ce travail.

— C'est juste. Marshdale représente un défi pour moi. J'avais l'habitude des responsabilités. Mais cette fois, je ne dépends de personne pour prendre des décisions, même si je demande un conseil.

— C'est bien, Dilys, approuva son père. Je suis fier de toi. Et j'espère que ce jeune homme que tu as conduit à Linderfield justifiera ton attente.

— J'ai l'impression qu'il y mettra du sien, maintenant. Si nous parlions un peu de vous, à présent? Vous partez en croisière, la semaine prochaine?

— Non, dit sa mère, déçue, nous avons dû remettre ce projet à plus tard, à cause de Sally...

Sally était la petite fille de son frère jumeau, sa préférée et son unique nièce.

— Que se passe-t-il, avec Sally? demanda-t-elle avec inquiétude.

— Rien de sérieux, s'empressa de répondre Mme Davies pour la rassurer. Gordon et Margaret sont invités à un séminaire aux États-Unis. C'est une promotion pour Gordon, équivalent sans doute à un poste de direction à son retour. A son âge, c'est formidable...

— On grimpe vite au sommet, on dirait, dans la famille, observa son père en riant. En attendant, nous avons promis de nous occuper de Sally...

— J'ai trouvé la solution du problème, fit Dilys. Sally pourrait rentrer avec moi à Marshdale. Combien de temps Gordon et Margaret resteront-ils en Amérique?

— En principe, le séminaire durera une semaine. Ils resteront sans doute quelques jours de plus... Mais Sally risque peut-être de te gêner dans ton travail...

— Absolument pas. Et je serais très heureuse de l'avoir avec moi. Tout le personnel sera ravi de s'occuper d'elle!

— C'est la solution idéale, approuva son père. Nous attendions cette croisière avec impatience, ta mère et moi. Mais il n'est pas question de gâcher les chances de Gordon! Je ne peux pas prendre de vacances à un autre moment, malheureusement. Je m'étais résigné à remettre ce voyage à l'an prochain.

— Je vais téléphoner à Gordon tout de suite, pour lui demander s'il est d'accord. Elle pourrait rentrer avec moi mardi.

Comme elle l'avait prévu, Gordon et Margaret furent enchantés de cette proposition, et Dilys convint avec eux qu'elle passerait prendre la petite Sally le mardi matin.

Le dîner familial du dimanche fut une petite fête. Sally fit rire tout le monde, en exigeant, au milieu de l'après-midi, de rentrer chez elle.

— Je veux faire ma valise, maman. Il vaut mieux rentrer!

— Merci mille fois, Dilys, fit son frère avant de partir. Je ne confierais mon héritière à personne d'autre, à part mes parents. Si nous arrivons à voler quelques jours au retour, nous viendrons la chercher à Marshdale. J'aimerais voir cet endroit dont tu parles avec enthousiasme...

— Quelle bonne idée! répondit Dilys. Emmenez papa et maman. Je suis assez bien installée à présent pour vous inviter tous!

Ce week-end en famille passa comme l'éclair, et le mardi matin, Dilys fit un saut à Linderfield, plutôt que de téléphoner à Peter. En réalité, elle avait envie de revoir Ted pour s'assurer que tout allait bien. Elle conservait quelques craintes à son sujet. Il était susceptible de replonger à nouveau dans les abysses du désespoir et de l'apitoiement sur lui-même.

Elle avait pris la précaution de laisser un message à Peter lui annonçant sa visite. Il l'attendait et vint à sa rencontre, puis la conduisit dans son bureau où ils prirent le thé en discutant de Ted.

— Il est trop tôt pour conclure de façon définitive, lui dit-il lentement, mais physiologiquement parlant, le pronostic est favorable. De nombreux muscles sont atrophiés par manque d'exercice, mais avec un programme spécial et de la natation, j'entrevois la possibilité de progrès considérables en ce qui concerne la locomotion...

— Vous voulez dire qu'il pourrait être capable de... marcher? s'exclama Dilys, stupéfaite.

Peter secoua la tête.

— Non... Ted ne marchera plus jamais. Je le lui ai déjà dit. Mais je lui ai dit aussi que ce n'était pas aussi désespérant qu'il l'imaginait, et qu'avec une aide adéquate, il pourra pratiquement tout faire par lui-même, à condition qu'il ait une approche mentale correcte.

Dilys savait qu'au fond, son espoir était insensé. Elle haussa les épaules pour cacher sa déception. Elle était du métier, elle n'aurait pas dû trop espérer. Quoi qu'il en soit, les nouvelles étaient bonnes.

— Et en ce qui concerne sa vie privée... A-t-il une chance de pouvoir se marier et de mener une vie relativement normale?

— Toutes les chances! répondit Peter en souriant. Nous l'avons déjà rassuré sur ce point particulièrement important. A-t-il un penchant pour quelqu'un?

— Oui... Pour une des infirmières de Marshdale. C'est une fille merveilleuse.

— Si vous finissiez votre thé, Dilys? Nous pourrions lui faire une petite visite.

Lorsqu'elle ouvrit la porte de la grande salle de jeux, elle vit Ted taper vigoureusement dans une balle de ping-pong qu'il envoyait à un autre patient. Il roula lui-même son fauteuil vers eux dès qu'il les vit.

Il tendit la main à Dilys et lui sourit avec chaleur. Elle constata immédiatement qu'un changement s'était produit en lui, et qu'il n'y avait qu'un mot pour le qualifier : la confiance. Car Ted avait déjà retrouvé sa confiance en lui. Il n'était plus seul dans son malheur, à présent. Il rivalisait, apprenait et trouvait courage avec les autres, victimes de la même tragédie.

— Comment allez-vous, Ted? lui demanda-t-elle en lui serrant affectueusement la main.

— Vous avez devant vous un futur champion de ping-pong, fit-il avec un timide sourire. Vous ne me croyez pas?

— Si! Sans restriction! fit Dilys en riant de joie. Je rentre à Marshdale demain. Pas de messages?

Il la regarda pensivement un moment.

— Dites simplement à l'infirmière Julie Ellis que les infirmières ici sont plus jolies les unes que les autres, et qu'elle n'a qu'à bien se tenir!

— Ted! protesta Dilys en riant.

— ... Mais qu'aucune n'est aussi jolie qu'elle. Il vaut peut-être mieux ne pas le lui dire...

Il réfléchit un moment avant d'ajouter :

— Je vous suis reconnaissant, Miss Davies, de m'avoir secoué comme vous l'avez fait. J'aimerais que vous disiez aussi merci de ma part à Julie et au Dr Lewis. J'essaierai de ne pas vous décevoir.

— Vous devriez remercier aussi votre père, Ted, risqua Dilys.

Le visage du jeune homme se ferma immédiatement.

Dilys rentra chez ses parents, certaine que Ted ne flancherait plus. Elle mourait d'impatience d'apporter ces bonnes nouvelles à Marshdale.

Le lendemain, elle était sur le point d'aller chercher Sally, lorsque la sonnerie du téléphone retentit : son frère était au bout du fil.

— Allô, Dilys? Je ne pense pas que Sally pourra partir avec toi. Elle a pris froid dimanche, et elle a de la fièvre. Je ne crois pas qu'il serait très sage de ramener une enfant malade avec toi. Inutile de risquer une contagion...

— Tu as raison. Malheureusement, je ne peux pas rester plus longtemps. C'est ennuyeux. Vous partez samedi?

— Oui. Margaret a eu une idée. Si Sally va mieux vendredi, nous avons pensé la mettre dans le train. Elle est déjà partie comme cela chez la mère de Margaret, et elle a adoré voyager seule comme une grande personne...

Sally était une fillette intelligente et éveillée. Beaucoup d'enfants voyageaient seuls, et le trajet ne prendrait que trois ou quatre heures. Il n'y avait guère d'autre solution.

— D'accord, répondit Dilys. Vous me ferez savoir par quel train elle arrivera, et j'irai la chercher. Ne t'inquiète pas, et envoie-moi une carte postale de New York! N'oublie pas...

— Merci, Dilys, fit son frère, visiblement soulagé. Excuse-moi pour ce contretemps.

Elle partit beaucoup plus tard que prévu, car elle prit le temps d'expliquer la situation à ses parents et de calmer leur inquiétude. Elle rentra à Marshdale dans d'excellentes dispositions d'esprit. Elle rapportait de bonnes nouvelles à Greg et à Julie, et la perspective de la visite prochaine de Sally et de sa famille lui réchauffait le cœur. En approchant de Mafonwyd, elle eut réellement le sentiment de rentrer dans son foyer, ce qui la laissa songeuse un moment.

Les sommets n'étaient plus recouverts de neige, comme la première fois qu'elle était venue au Pays de Galles. Ils se découpaient dans la lumière du crépuscule sur le ciel assombri, protégeant les vallées et les collines. Elle regardait au loin et ne vit pas immédiatement la voiture garée sur le côté de la route. Elle pensa que des touristes avaient dû s'arrêter là pour admirer le paysage. Elle constata son erreur lorsqu'elle arriva à la hauteur du véhicule. Il s'était produit un accident, à l'endroit même où elle avait failli percuter la voiture de Greg. Alarmée, elle retint sa respiration, redoutant ce qu'elle allait découvrir. Soudain, sa gorge se dessécha d'horreur. La voiture de Greg était à moitié enfouie dans une haie, et il gisait, effondré sur le volant. Avant même de sauter de sa voiture et de courir désespérément jusqu'à lui, elle avait pu voir la traînée de sang qui séchait sur son visage cireux...

8

— Greg! cria Dilys en ouvrant la portière, la peur au ventre.

Sa tête! se dit-elle. Un sentiment de perte irrémédiable l'envahit. Non, ce n'était pas possible! Cela ne pouvait pas être! se révolta-t-elle. La panique obscurcit provisoirement son jugement. Elle le crut mort. Il lui fallut quelques secondes pour s'apercevoir que l'homme qui gisait sur le volant n'était qu'inconscient. Le pare-brise était en miettes et du verre était éparpillé sur la route et à l'intérieur de la voiture.

Que s'était-il passé, se demanda-t-elle? Avait-il lui aussi essayé d'éviter un mouton qui errait sur la route? Pourquoi conduisait-il toujours à tombeau ouvert! se lamenta-t-elle intérieurement. Elle le remit en position assise et sa tête ballota contre l'appuie-tête. Son pouls était lent mais régulier. Il ne semblait pas en danger imminent. Il devait souffrir au plus de fortes contusions. La coupure qu'il avait au front avait saigné abondamment, mais l'hémorragie avait presque cessé. Elle toucha l'horrible traînée de sang noirci qui avait coulé jusqu'au col de sa chemise et estima que l'accident devait s'être produit probablement moins d'une demi-heure auparavant.

Deux possibilités s'offraient à elle, pour qu'il soit conduit immédiatement à l'hôpital, au cas où sa blessure à la tête serait plus grave qu'elle ne le supposait. Trouver le téléphone le plus proche pour appeler une ambulance, ou le conduire elle-même à l'hôpital de Bangor, ce qui gagnerait du temps. Mais il restait un obstacle. Elle n'aurait jamais la force de transporter un corps inconscient dans sa voiture. Elle espéra que celle de Greg était encore en état de rouler. Elle pourrait alors le bouger suffisamment sur son siège pour se glisser à sa place derrière le volant. L'esprit hanté par toutes les complications possibles pouvant survenir, Dilys poussa Greg avec d'infinies précautions pour lui laisser la place minimum pour accéder aux commandes de la voiture. Son corps reposait lourdement contre elle. Elle poussa le starter et constata avec soulagement que le moteur tournait toujours. Elle eut quelque difficulté à dégager la voiture de la haie et reculer jusqu'à la route. Mais il lui fut encore plus difficile de conduire en supportant le poids de la tête de Greg. Elle le conduisit à l'hôpital en retenant sa respiration pour écouter le bruit de la sienne et s'assurer qu'il vivait encore.

Lorsqu'on le transporta sur un brancard, elle entra dans la salle d'attente, vivre les instants les plus interminables de sa vie, pour avoir des nouvelles de Greg. Elle aurait voulu pouvoir assister les médecins qui s'occupaient de lui. Un docteur entra soudain, et Dilys bondit de son siège.

– Comment va-t-il? lui demanda-t-elle anxieusement.

Le docteur lui sourit, et elle comprit que Greg était hors de danger.

– Il souffre de fortes contusions, c'est tout. Il sera sur pied rapidement, avec un sacré mal de tête pendant quelques jours. Vous avez le temps de prendre une tasse de thé? Vous pourrez le voir ensuite. Je suppose que vous êtes une de ses amies?

Dilys lui expliqua qui elle était, et ne fut pas surprise de le voir hausser les sourcils d'étonnement.

– Je suis enchanté de vous connaître, Miss Davies. Je ne savais pas que la nouvelle directrice de Marshdale était aussi séduisante!

— S'il ne reprend pas conscience avant quelques heures. il n'est pas nécessaire que j'attende. Je rentrais de Londres quand je l'ai trouvé. On m'attend à Marshdale, et ma voiture est restée sur le lieu de l'accident. Je viendrai le voir demain matin, si vous le permettez.

— Certainement. Greg Lewis a le crâne solide. J'ai l'habitude de jouer au rugby avec lui. Tout ira bien, ne vous inquiétez pas. Mafonwyd a besoin de lui. Demain matin, il sera assis dans son lit à vous attendre.

« Moi non plus, je ne veux plus me passer de lui », songea Dilys en conduisant la voiture de Greg au garage le plus proche. Elle trouva là un jeune homme obligeant qui la reconduisit jusqu'à sa propre voiture.

Il faisait nuit noire lorsqu'elle arriva à Marshdale. Elle était épuisée. Tout le repos et la détente de ce long week-end s'étaient envolés. Mais plus encore que le choc qu'elle avait subi en découvrant Greg blessé dans sa voiture. ce qui la laissait sans force, c'était d'avoir pris conscience de façon brutale et irréversible qu'elle était amoureuse de lui.

C'était la première fois de sa vie qu'elle était à ce point bouleversée par un homme. Ce qu'elle avait pris pour de l'amour, autrefois, n'était que le pâle reflet de ce qu'elle ressentait pour lui avec intensité. Elle savait pertinemment que c'était une folie d'aimer un homme en qui elle ne pouvait avoir totalement confiance, et qui de plus, était amoureux d'une autre femme. Mais il était clair qu'elle l'aimait en dépit de tout. Pour ménager sa fierté, elle se promit de ne jamais le lui laisser voir.

Elle se sermonna sévèrement avant d'aller lui rendre visite. La chose lui fut plus facile à dire qu'à faire, car lorsqu'elle le vit, assis dans son lit, la tête entourée d'un pansement, elle eut envie de courir le prendre dans ses bras. Il avait l'air agité comme un animal en cage.

— Dilys! C'est donc vous qui m'avez secouru! Je ne voulais pas le croire quand on me l'a appris ce matin. Je remercie le ciel que vous soyez passée par là. Mais comment diable avez-vous fait pour me transporter jusqu'ici?

— Je me suis glissée dans votre voiture. Elle est au garage pour l'instant. Il n'y a que le pare-brise à remplacer, c'est tout!

Voyant qu'il avait du mal à croire qu'elle avait eu la force de le soulever, elle ajouta en riant :

— Je n'ai fait que vous pousser légèrement. Vous étiez un peu lourd pour mon épaule, mais au moins, je pouvais vous entendre respirer!

L'expression de son visage trahit un mélange de reconnaissance, d'amusement, et de quelque chose d'autre qu'elle avait du mal à définir. Il avait l'air de la voir pour la première fois. Il devait être encore un peu commotionné, se rappela Dilys.

— Vous êtes beaucoup plus robuste que vous en avez l'air, murmura-t-il. Je vous suis infiniment reconnaissant de ce que vous avez fait pour moi, Dilys.

Elle sentit le rouge monter à ses joues et affecta un ton sévère pour cacher ses sentiments réels.

— Que s'est-il passé? Vous conduisiez encore à toute vitesse! Pour un médecin, vous êtes vraiment irresponsable!

— Ne commencez pas à me houspiller! répondit-il. Cela ne s'est pas du tout passé comme vous le dites! Je conduisais tout à fait lentement, pour moi. Mais ces gravillons qui jonchent la route sont imprévisibles. Je n'ai pas eu de chance, j'en ai reçu un gros dans mon pare-brise et j'ai été aveuglé par tous ces petits fragments de verre opaque qui ont étoilé la vitre. J'ai été tellement surpris que j'ai fait une embardée, et j'ai dérapé jusqu'à la haie. J'ai dû me cogner la tête quelque part et m'assommer pour le compte!

— Vous n'aviez pas bouclé votre ceinture de sécurité, lui fit observer Dilys d'un ton accusateur.

Il lui fit la grâce de paraître confus.

— Je n'allais qu'à quelques kilomètres, et il n'y avait pas de circulation...

— C'est comme cela que les accidents arrivent! Mais je ne suis pas venue vous faire un sermon. Comment vous sentez-vous?

— Bien. J'ai un léger mal de tête, et mon sourcil droit doit être assez pittoresque à voir, mais je ne sais pas pourquoi tout le monde insiste pour que je reste ici toute la journée. Je vais signer ma propre décharge, et vous allez me raccompagner chez moi.

— Pas question, répondit Dilys avec fermeté. C'est ce que vous prescririez à un de vos patients dans la même situation.

— Oh! Après tout! fit-il avec une grimace... Pour une fois que je suis de l'autre côté de la barrière, cela me changera. J'ai déjà eu un tas de visites. Toute l'équipe soignante de cet hôpital a défilé à mon chevet! Parlez-moi plutôt de votre voyage à Londres. Qu'a dit le Dr Wilmington au sujet de Ted?

Dilys avait presque oublié cette histoire, qu'elle exposa dans tous ses détails à Greg.

— Je ne l'ai jamais vu dans un meilleur état d'esprit. Je pense que tous les espoirs sont permis.

— Quelle a été la réaction de Julie?

— Je ne lui ai pas encore parlé. Elle était de congé hier. Je la verrai ce matin, dès que je serai rentrée.

— Espérons que la séparation renforcera ses sentiments, répondit Greg avec un profond soupir.

Dilys se souvint avec un haut-le-corps que Caroline Phillipson était partie en Espagne et aux Bermudes poser pour un magazine de mode. Greg espérait sans doute que l'absence renforcerait ses sentiments aussi, et il aurait probablement préféré une visite de Caroline à la sienne. Elle sentit la solitude l'envahir.

— Dilys... Vous êtes toujours furieuse après moi, lui reprocha-t-il.

— Je ne suis absolument pas furieuse après vous, se défendit-elle:

— Vous en avez pourtant l'air. Je suis désolé de vous avoir occasionné tous ces ennuis, fit-il d'un ton distant et poli, comme pour mettre fin à sa visite.

Elle fut satisfaite de partir. Elle était trop troublée par sa présence.

— J'ai laissé votre voiture dans un garage tout près d'ici.

— Jill va venir s'occuper de cela. Si vous avez de sérieux problèmes à Marshdale, elle trouvera un remplaçant, et vous pouvez toujours consulter le vieux Prentice en cas d'urgence! Mais je suppose que les problèmes mineurs pourront attendre un jour ou deux...

— Je ferais mieux de rentrer. Au revoir, Greg.

Il lui tendit la main qu'elle ne put refuser de serrer. Les doigts de Greg étreignirent les siens. Il l'attira plus près de son lit.

— Je vous remercie pour ce que vous avez fait, dit-il en cherchant ses yeux.

Dilys fut heureuse d'échapper à ses pensées en parlant de Ted avec Julie Ellis. La jeune fille se précipita dans son bureau dès qu'elle arriva à Marshdale.

— Miss Davies! Excusez-moi... Vous avez un moment? Je me demandais... Comment va Ted?

Elle se reprit, un peu confuse :

— J'ai entendu dire que le Dr Lewis avait eu un accident la nuit dernière... Comment va-t-il?

— Il n'est pas en danger, répondit Dilys avec un sourire de sympathie. Mais je suis sûre que les nouvelles de Ted vous intéressent davantage...

Julie rougit et haussa les épaules.

— Je pense qu'il n'y a pas encore grand-chose de nouveau. Est-il bien installé?

Dilys considéra son anxiété comme un signe encourageant. Elle fit asseoir la jeune fille et lui expliqua en détail le diagnostic du Dr Wilmington et ses pronostics. Julie buvait ses paroles.

— Oh, Miss Davies! Si seulement cela pouvait marcher...

Dilys constata que ces quelques jours de séparation avaient déjà fait leur effet dans le cœur de Julie. Elle transmit le message de Ted au sujet des jolies infirmières de Linderfield. Julie rougit violemment.

— Il redevient bien faraud, ce jeune homme! fit-elle, dépitée.

— Je suis sûre qu'il plaisantait!

— Ouais! Je le connais, répondit Julie en se mordant les lèvres.

— Mais il a précisé qu'aucune n'était aussi jolie que vous, ajouta Dilys, désobéissant aux instructions de Ted.

Elle fut ravie de voir le visage de Julie s'illuminer de bonheur. Cette fois, elle était certaine que la jeune fille était éperdument amoureuse de Ted.

— Vous devriez lui envoyer une petite carte, de temps en temps. Il doit se sentir un peu seul...

Miss Tomlin fit son entrée, et Julie se leva précipitamment de sa chaise et sortit à la hâte.

— Cette fille est un véritable moulin à paroles! fit-elle en regardant Dilys d'un air de reproche, comme si elle l'encourageait dans ce travers.

Dilys lui parla rapidement de Ted et de Greg. Comme d'habitude, Miss Tomlin s'abstint de tout commentaire.

Greg fit sensation lorsqu'il vint quelques jours plus tard effectuer sa visite hebdomadaire à Marshdale, le front décoré d'un large sparadrap.

— Les rôles sont inversés, docteur, fit Mme Edwards en agitant son doigt déformé par l'arthrite sous le nez de Greg. La belle jeune fille a sauvé le chevalier en armure!

Et elle pouffa de rire.

— C'est la libération de la femme! dit Greg. Il va falloir revoir toutes les vieilles légendes...

— Inutile, riposta Dilys. Dans les légendes, beaucoup de femmes ont déjà sauvé les héros.

— Avec une arrière-pensée, objecta Greg. Elles étaient toutes des séductrices...

— Vous trouvez que Miss Davies est une séductrice? fit la vieille dame avec malice.

Greg parut un peu perplexe.

— Je préfère ne pas le savoir, répondit-il sur le ton de la plaisanterie.

Le vendredi arriva plus vite que Dilys ne s'y attendait. Sa belle-sœur lui téléphona pour lui annoncer l'arrivée de Sally, et Dilys promit de la rappeler dès que l'enfant serait arrivée. Craignant d'être en retard, Dilys fut à Bangor bien avant l'heure prévue. Elle en profita pour faire quelques achats dans une boutique de jouets, susceptibles d'amuser une fillette de quatre ans, et sentit en sortant de la boutique une main se poser sur son épaule. Elle rencontra en se retournant les yeux bleus et amicaux de Ralph Waring. Il lui fallut quelques instants pour se souvenir de son nom.

— Je constate que vous êtes toujours à Marshdale! lui dit-il en riant.

— Je vous dois un verre! répliqua Dilys, se souvenant de leur pari. Je n'ai pas beaucoup de temps devant moi. J'attends ma petite nièce qui doit arriver par le train de Londres.

Ralph consulta sa montre et l'entraîna par le bras au bar d'un hôtel situé non loin de la gare.

— J'ai l'œil sur ma montre. Vous n'arriverez pas en retard, lui assura-t-il, lorsqu'il furent installés devant leurs consommations. Parlez-moi de votre travail dans cette maison de santé.

Dilys sursauta involontairement lorsqu'elle reconnut la personne qui venait d'entrer au bar.

— Que se passe-t-il? lui demanda Ralph, inquiet, en suivant son regard.

— Rien... Je viens de voir quelqu'un que je ne m'attendais pas à rencontrer ici...

Elle espéra que le Major Phillipson ne remarquerait pas sa présence. Mais il vint droit à leur table, sa chope de bière à la main, et prit place auprès d'eux sans y avoir été invité.

— Vous ici, Miss Davies! Quelle surprise... Je crois vous avoir déjà vu quelque part, fit-il en s'adressant à Ralph. Mais oui! Je m'en souviens, à présent! Je vous ai rencontré au *Llewellyn Arms*, avec Miss Davies...

Elle présenta les deux hommes l'un à l'autre, et le regard de Ralph montra à Dilys qu'il était conscient de son antipathie pour le Major.

— Alors, Miss Davies! Vous n'avez pas encore changé d'avis?

— Je n'en changerai jamais, répliqua Dilys avec un sourire contraint. Vous devriez le savoir, Major. Je pensais que vous aviez trouvé un autre endroit pour mettre votre projet à exécution.

— Je n'abandonne jamais sans avoir tout tenté. J'ai investi trop d'argent dans mes deux propriétés et je n'ai pas envie de les revendre à perte. Je n'ai pas perdu espoir de vous faire entendre raison. Je peux encore attendre. Je suis un homme patient, et j'obtiens généralement tout ce que je désire.

— J'ai bien peur que vous m'attendiez encore très longtemps pour acheter Marshdale. Il est temps pour moi de partir. Je ne voudrais pas manquer ce train.

— Vous allez chercher qulequ'un au train de Londres, vous aussi? Il a une demi-heure de retard. Il y a eu un hold-up, près de Crewe. Nous avons le temps de prendre un autre verre. Ma fille arrive par le même train. J'ai entendu dire que vous avez été héroïque, à l'occasion de l'accident que vous avez eu avec le Dr Lewis.

— Je n'étais pas dans la voiture du Dr Lewis, rectifia Dilys. Je revenais de Londres dans ma propre voiture quand j'ai trouvé la sienne au bord de la route. J'ai simplement conduit sa voiture jusqu'à l'hôpital.

— La rumeur publique ajoute toujours une touche romanesque à la réalité souvent banale, fit le Major en souriant.

Après tout, si le Major pensait que Greg mettait à profit l'absence de sa fille pour flirter avec elle, qu'y pouvait-elle?

Elle fut soulagée lorsque Ralph lui rappela qu'il était l'heure d'aller à la gare. Ils ne furent pas débarrassés du Major pour autant, car il les accompagna, et ils se retrouvèrent tous les trois sur le quai pour attendre l'arrivée du train. Jamais Dilys ne fut aussi heureuse de voir une locomotive entrer en gare. Elle guetta anxieusement l'arrivée d'un contrôleur tenant une petite fille par la main.

— Ah! Voilà Caroline! fit le Major.

Dilys suivit son regard et aperçut les cheveux dorés comme les blés et le visage bronzé de Caroline Phillipson. Son cœur fit un bond dans sa poitrine et se serra de jalousie. Rien d'étonnant à ce que Greg attende son retour avec impatience! Elle constata avec stupéfaction que Caroline tenait la main d'une petite fille qui n'était autre que Sally!

L'enfant lâcha la main de Caroline dès qu'elle aperçut Dilys et courut se jeter dans ses bras pour lui planter un énorme baiser sur la joue.

— Hello, Dilly! fit la fillette, les yeux pétillants de joie.

— C'est la première fois que j'entends le son de sa voix! s'exclama Caroline avec une pointe d'irritation.

— Ton rhume est guéri, mon amour? s'inquiéta Dilys.

— Oui, merci! répondit l'enfant qui ajouta poliment : La dame s'est occupée de moi dans le train...

— Je suis ravie de constater qu'elle n'est pas muette! fit aigrement Caroline. J'étais loin de me douter que c'était vous qui l'attendiez. Le contrôleur me l'a confiée quand il a vu que nous descendions à la même station. Je n'ai pas l'habitude de m'occuper des enfants et je n'ai pas réussi à lui tirer un mot. Je me suis demandé si je n'allais pas me retrouver avec une enfant perdue sur les bras!

— Elle n'est pas aussi muette, d'habitude. Ma nièce a dû être intimidée.

Qui ne serait pas intimidé par Caroline Phillipson! songea Dilys.

— C'est votre nièce? s'étonna Caroline, un sourire bizarre aux lèvres, comme si elle doutait de la véracité des paroles de Dilys. En effet, je constate une certaine ressemblance, à présent. Sally a vos yeux, votre teint...

— Plutôt ceux de mon frère jumeau.

— Comme c'est intéressant! fit Caroline d'une voix pleine d'ennui. Bon! Si nous y allions, père? J'ai fait ma première bonne action de la journée, et j'en ai encore une seconde à accomplir. Greg doit m'attendre avec impatience, le pauvre chéri... Père m'a raconté son accident au téléphone. Je suppose qu'il a dû être distrait par quelque chose, pour sortir de la route comme il l'a fait. Ce n'est d'ailleurs pas la première fois...

Elle regarda Dilys d'un œil accusateur. Il était clair que son père lui avait servi une version erronée de l'accident. Dilys n'eut pas envie de perdre son temps à rétablir la vérité. Son père ou Greg s'en chargeraient.

— Merci de vous être occupée de Sally, se crut-elle obligée de dire. C'est une chance que vous ayez pris le même train... Ses parents vous en seront reconnaissants.

Caroline sembla remarquer Ralph pour la première fois. Elle l'observa entre ses longs cils d'un œil appréciateur et en tira immédiatement ses conclusions.

— Quelqu'un a-t-il besoin d'une voiture? demanda le Major en s'emparant des deux valises de Caroline.

— Merci, non. Je suis venue avec la mienne.

Elle téléphona à son frère pour lui dire que le voyage de sa fille s'était bien passé, pendant que Ralph offrait le thé et des gâteaux à Sally.

La petite fille la tira de son irritation et prit la place de Greg dans ses pensées en la bombardant de questions tout au long du parcours qui les conduisit à Marshdale...

9

Comme Dilys l'avait pressenti, Sally devint la coqueluche de tous les patients et du personnel de Marshdale. Ils allégèrent sa surveillance assidue à l'égard de l'enfant, qui ne semblait guère avoir le temps de s'ennuyer de ses parents. Le cottage sembla prendre vie, et Dilys se sentit moins seule le soir, sachant que Sally dormait dans une autre pièce de la maison.

Elle fut extrêmement occupée par ses travaux de gestion et regretta parfois de ne pouvoir consacrer davantage de temps à son travail d'infirmière. Mais l'équipe était efficace, sous la férule de Miss Tomlin, toujours aussi inamicale à son égard. Elle dormait mal, non à cause des soucis que lui occasionnait Marshdale, mais parce que son esprit était hanté par Greg Lewis, qu'il soit présent ou non. Chaque fois qu'elle voyait la cicatrice qui barrait son front, elle se souvenait des horribles instants où elle l'avait cru mort.

« Je suis folle », se réprimandait-elle... Dire qu'elle l'avait détesté d'emblée, qu'elle l'avait trouvé grossier et arrogant et qu'elle en était arrivée à languir dans l'attente de sa prochaine visite! Il la regardait parfois maintenant avec une certaine tendresse et un air énigmatique qu'elle n'arrivait pas à définir.

Mais si ses sentiments pour Greg étaient déplacés et la faisaient souffrir inutilement, ceux de Julie pour Ted n'avaient pas tardé à se manifester. Elle surgit un jour dans le bureau de Dilys en brandissant une enveloppe.

— Miss Davies! s'écria-t-elle. J'ai reçu une lettre de Ted!

Elle lut à Dilys quelques passages de la lettre optimiste de Ted, sautant en rougissant ce qui semblait trop personnel pour être lu devant une tierce personne. L'amour illuminait son visage.

Dilys rapporta l'histoire de la lettre à Greg devant un café, lorsqu'il vint faire sa tournée.

— Je ne vois pas de meilleur épilogue pour ce garçon qu'un mariage avec Julie. Elle le tirerait d'affaire définitivement.

— Elle est pleine de vie et d'enthousiasme, et pas du tout écervelée, comme le prétend Miss Tomlin!

— Miss Tomlin n'aime pas les jeunes et jolies filles, et vous, pas plus que les autres, j'imagine!

— Vous avez tapé dans le mille! fit Dilys en riant, sans s'étendre davantage. Vous savez Greg, ce qui me ferait plaisir, maintenant? C'est que Ted et son père se réconcilient. J'ai la nette impression que...

Greg lui prit brusquement la main et la garda un moment dans la sienne en la regardant au fond des yeux.

— Vous êtes d'un optimisme incurable! finit-il par dire en lui lâchant la main, comme s'il regrettait de s'être laissé aller.

Dilys n'osa pas affronter son regard. Elle eut la surprise désagréable de voir passer Miss Tomlin devant la fenêtre de son bureau. Son visage crispé montrait qu'elle avait surpris le geste de Greg.

— Il faut l'être dans notre profession, répondit-elle. Je ne pourrais pas soigner les gens si je m'attendais toujours au pire. Tant qu'il y a de la vie, il y a de l'espoir!

— C'est ce que nous avons l'habitude de dire aux patients. J'ai pourtant connu un médecin qui était le plus grand pessimiste du monde. Il voyait une pneumonie dans le rhume le plus bénin, et le tétanos dans la plus petite coupure. Ce qui ne l'empêchait pas de fumer comme une cheminée d'usine et de se moquer de ceux qui le menaçaient d'un cancer. Les gens peuvent se conduire parfois de façon extraordinairement illogique!

— Ils croient ce qui leur convient, lui fit observer Dilys.

— Comme vous avez raison! A en croire les rumeurs qui courent à Mafonwyd...

— Je préfère ne rien savoir sur ce qu'on raconte sur moi! Je n'en dormirais probablement pas de la nuit!

Elle préféra abandonner ce sujet. Il était peut-être le premier à colporter ces rumeurs...

— Vous n'avez jamais eu envie de vous marier, Dilys? demanda Greg à brûle-pourpoint.

— Non, pourquoi? répliqua l'infirmière, surprise.

— Une fille aussi attirante que vous a dû être très sollicitée, répondit-il en haussant les épaules.

Le compliment la fit rougir légèrement.

— Je n'ai jamais rencontré quelqu'un que j'aie eu envie d'épouser. J'ai été trop occupée à voyager et à travailler. Je préfère la liberté et mon travail.

— Pourtant, vous prétendez vouloir vous fixer ici.

— C'est vrai. J'ai suffisamment voyagé. Je suis prête à me stabiliser. Je ne sais pas comment cela s'est produit, mais c'est un fait.

— Vous vous consacrerez donc à votre carrière, comme votre tante Gladys?

— Je suis peut-être comme elle.

— Je n'arrive pas à vous imaginer vieille fille!

Elle se souvint brusquement de ce que sa mère lui avait raconté au sujet de tante Gladys.

— Elle était la femme d'un seul homme. Elle a été fiancée à un garçon qui a été tué à la guerre...

— Vous êtes comme cela aussi? lui demanda-t-il avec sérieux.

— Peut-être...

— Donc, votre cœur est libre, fit-il d'un ton taquin.

— Si je rencontre l'homme qui me convient, je me

marierai peut-être un jour, conclut Dilys d'un ton détaché.

— Cela consoliderait votre position, approuva-t-il.

Elle n'eut pas le loisir de répondre, car Miss Tomlin interrompit leur conversation qui s'était prolongée plus que de coutume.

Les jours suivants, Dilys ne ressentit aucune tension particulière, pas plus qu'elle ne remarqua les changements subtils du comportement des patients et du personnel. Elle attribua plus tard son inconscience au fait qu'elle était habituée à maintenir une certaine réserve dans ses rapports, et qu'elle était à cette époque, trop préoccupée par la gestion de Marshdale et son obsession pour Greg.

Le séjour de Sally se prolongea plus que prévu. Ses parents avaient rapporté une grippe de leur croisière, et Gordon et Margaret restèrent aux États-Unis quelques jours de plus. L'établissement fut un jour à court de fourniture, et elle dut s'aventurer jusqu'au village pour poster quelques lettres de commandes urgentes. Lorsqu'elle entra dans le bureau de poste, les conversations cessèrent brusquement, et chacun la dévisagea avec curiosité. Elle n'avait jamais salué les personnes présentes autrement que par un signe de tête, et elle n'en pensa rien de particulier. Elle surprit aussi un jour le regard de Greg se posant sur elle d'un air dubitatif. Mais comme la chose n'était pas inhabituelle, elle n'y pensa plus. Ce n'est que lorsque Gwen Griffiths lui téléphona pour l'inviter à prendre le thé qu'elle comprit à quel point elle avait été candide et confiante.

Dilys accepta son invitation pour deux raisons. Gwen avait deux petits garçons dont l'un avait à peu près l'âge de Sally, et elle-même ressentait le besoin de parler avec quelqu'un de son âge, étranger à la maison de santé.

Miss Tomlin courut après elle lorsqu'elle la vit sortir.

— Miss Davies! La fille de Mme Edwards est au téléphone. Elle voudrait vous parler.

La fille de Mme Edwards s'excusa infiniment de retirer sa mère de Marshdale. Elle avait trouvé une autre maison de santé où la famille pouvait venir plus facilement en visite. Dilys, compréhensive, convint que le nouvel arrangement serait plus pratique. Mme Edwards partirait donc à la fin du mois.

Elle ne tira de cette conversation aucune conclusion particulière, mais regretta de perdre Mme Edwards qu'elle aimait particulièrement pour sa bonne humeur et son courage.

Gwen accueillit Dilys et Sally avec chaleur. Elle s'excusa de ne pas l'avoir invitée plus tôt. David, le plus jeune de ses fils, avait eu un terrible refroidissement qui avait duré des semaines. Sally regarda les deux garçons avec timidité.

— Emmenez Sally dans la salle de jeux et montrez-lui vos jouets, dit Gwen.

Les trois enfants partirent en courant, et Dilys se détendit dans un fauteuil confortable. Comme elle se sentait bien dans un vrai foyer! La vie de famille lui manquait parfois aussi fort que si elle était à l'étranger.

Elles bavardèrent à bâtons rompus autour d'une tasse de thé. Dilys eut soudain l'impression que Gwen la regardait d'un air indécis, comme si elle avait envie d'aborder un sujet qu'elle n'osait mentionner. Elle finit par se jeter à l'eau :

— Dilys... J'ai essayé d'éviter d'y penser toute la matinée... mais... J'ai l'impression que vous n'êtes pas au courant de ce qui se passe...

— Que voulez-vous dire? dit Dilys, soudain effrayée.

Gwen tortilla ses doigts nerveusement à l'idée de la tâche désagréable qui l'attendait :

— Dilys... Beaucoup de bruits circulent au village, à votre sujet...

— Je n'en doute pas! répondit Dilys en s'autorisant un sourire. Il circule toujours des ragots au sujet des nouveaux arrivants, dans les villages. Je sais qu'il faudra plus de quelques semaines pour me faire accepter à Mafonwyd.

Gwen, le visage soucieux, ne répondit pas à son sourire.

— C'est plus grave que cela, Dilys... Les langues vont bon train, et cela empire de jour en jour, je ne sais pas pourquoi.

Son ton, cette fois, terrifia Dilys. Une idée lui traversa la tête :

— Grands Dieux! J'espère que les gens ne continuent pas à médire au sujet de ma rencontre avec Ralph, le garçon avec lequel j'ai pris un verre au *Llewellyn Arms*?

— Ils ne l'ont pas oublié... Mais ils ont quelque chose de mieux à se mettre sous la dent!

Dilys eut soudain l'impression qu'elle était en train de se noyer.

— Je vous en prie, Gwen... Allez-y franchement! Je suis incapable de faire la moindre supposition.

— Cela me rend malade! explosa Gwen. Mais je ne sais pas comment arrêter ces calomnies. Car inutile de vous dire que ni Megan ni moi, ne croyons un mot de ces médisances. Elle est aussi furieuse que moi.

— Je vous en prie, Gwen! Il faut me dire...

— Cela a commencé, je suppose, avec cet incident au *Llewellyn Arms*. On a d'abord dit que vous étiez trop jeune et trop inexpérimentée pour vous occuper d'une maison de santé. A présent, on raconte que le nombre de vos employés qui désirent donner leur démission augmente de jour en jour, et que plusieurs familles désirent retirer leur malade de Marshdale pour l'envoyer ailleurs...

— C'est ridicule! s'écria Dilys avant de rester bouche bée, les yeux écarquillés de stupeur... La fille de Mme Edwards a téléphoné ce matin pour retirer sa mère de Marshdale sous prétexte qu'elle avait trouvé un endroit plus pratique pour les visites! ajouta-t-elle à voix basse. Mais pourquoi? Qu'est-ce que j'ai fait?

— On cancane au sujet de votre relation avec Ted Lloyd qui serait venu vous voir chez vous en pleine nuit. On raconte que vous l'avez emmené à Londres... soupira Gwen.

— Ted n'est venu qu'une fois, en pleine dépression,

pour parler à quelqu'un! Oh, Gwen! Pourquoi court-il des bruits aussi infamants à mon sujet?

Gwen écarta les mains d'un air désarmé.

— Ted était un bourreau des cœurs, avant son accident... Il n'avait pas très bonne réputation dans les environs. Cela a dû compter aussi... On prétend également que vous avez jeté votre dévolu sur Greg, que vous faites tout pour le détourner de Caroline, pendant que la malheureuse est en train de faire le mannequin à l'étranger! On dit même que vous étiez avec lui, la nuit de son accident, et que c'était probablement de votre faute s'il est arrivé.

— Je revenais de Londres! Tout le monde pourra vous le dire, suffoqua Dilys.

— Mais ce n'est pas ce que les gens ont envie de croire, répondit Gwen avec sympathie... Ils savent aussi que vous avez rencontré cet homme du *Llewellyn Arms* à Bangor, récemment et que... Oh, Dilys! J'ose à peine vous en parler... Ils sont en train de colporter que Sally... que Sally est votre enfant! Que c'est un scandale que vous l'affichiez au grand jour...

Dilys se sentit devenir pâle comme la mort et ne put articuler un mot. Tout son corps s'était glacé.

— Qui ose répandre ces mensonges répugnants? parvint-elle finalement à murmurer.

Mais elle le savait déjà. Qui d'autre que Greg était assez au courant des menus incidents innocents de sa vie, pour les transformer en mensonges monstrueux? Greg Lewis connaissait tout le monde à Mafonwyd où personne ne mettait sa parole en doute. Elle fut glacée d'horreur.

— Et comme ils disent bien entendu que vous n'êtes pas la personne convenable qu'il faut à Marshdale, beaucoup de gens s'inquiètent réellement au sujet d'une baisse de qualité des soins, spécialement depuis que le bruit court que le personnel est prêt à tout abandonner! Je sais que c'est horrible, Dilys... soupira Gwen. Je suppose que c'était inévitable. Vous êtes trop jeune et trop jolie pour correspondre à l'idée que les gens se font d'une directrice de maison de santé. Leur méfiance était normale, au début... Mais maintenant que ces rumeurs se répandent...

— Quand je pense que je fonçais, tête baissée, et que je croyais que tout allait bien! gémit Dilys, désespérée, en passant une main lasse sur son front. Et pendant ce temps-là, les commérages allaient bon train, à mon insu.

— Ceux que l'on calomnie sont toujours les derniers à le savoir...

Soudain, Dilys interpréta les regards, les remarques, les incidents mineurs d'une nouvelle façon. Mais ce qu'elle comprenait surtout, c'est que chaque fois qu'elle avait vu Greg, qu'il lui avait parlé, qu'il avait plaisanté avec elle, allant jusqu'à jouer avec Sally, il l'avait endormie dans une sécurité fallacieuse, alors qu'il guettait toutes les occasions de lui faire du tort. A l'idée qu'il l'avait tenue dans ses bras, elle se sentit physiquement malade. Elle comprenait clairement à présent à quel point il lui en voulait de l'avoir spolié de son héritage. Quelle revanche il avait prise sur elle et sur tante Gladys! Un frisson de dégoût la parcourut. Elle jeta un coup d'œil au visage peiné et inquiet de Gwen. Elle ne pouvait lui dire ce qu'elle pensait de Greg. Elle était son amie. Qui la croirait, d'ailleurs, s'il s'avisait de nier tout ce qu'elle lui reprochait...

— Si nous ne trouvons pas un moyen d'arrêter ces calomnies, vous imaginez où elles peuvent vous conduire.

— Vous pensez sans doute, vous aussi, qu'il n'y a pas de fumée sans feu, s'emporta Dilys pour s'arrêter aussitôt, honteuse devant le chagrin qu'elle lut sur le visage de son amie. Pardonnez-moi, Gwen... Je ne pensais pas ce que je disais. Je suis un peu sur les nerfs...

— C'est ce que l'on raconte aussi. Il paraît que vous croulez de fatigue... sous le poids des responsabilités...

— Ah! fit Dilys en fermant les yeux. On dit cela aussi...

Greg avait pensé à tout... Rien d'étonnant à ce que les calomnies aillent un train d'enfer si elles étaient alimentées par ses soins. Un mot par-ci... Un autre par-là... La chose lui était facile. Personne ne se souviendrait même qu'il en était la source...

Le cerveau de Dilys travaillait à toute allure... Elle le confondrait! Elle le prendrait de court! Elle...

Au fond d'elle-même, elle savait parfaitement qu'elle n'en ferait rien. Le mal était irréparable. Elle fut soudain dépassée par l'horreur de la situation, et ses yeux se remplirent de larmes. Gwen passa un bras secourable autour de ses épaules.

— Que puis-je faire, que puis-je dire, pour arrêter tout cela? demanda-t-elle.

— Je n'en sais rien, Gwen... C'est horrible. Il vaut mieux que je rentre.

Elle risquait de fondre en larmes d'un instant à l'autre.

A son retour, elle eut du mal à ne pas perdre contenance sous le regard inquisiteur de Miss Tomlin. Il lui vint à l'esprit que cette dernière pouvait fort bien être la complice involontaire de Greg, en alimentant par des informations malveillantes les rumeurs qui couraient au village de façon alarmante. Dilys passa une journée épouvantable et alla se coucher tout aussi tristement, certaine de ne pouvoir fermer l'œil de la nuit. Peut-être était-elle finalement en pleine dépression nerveuse? Elle aurait sans doute mieux fait de ne pas s'attaquer à une tâche au-dessus de ses forces...

Le lendemain, elle se leva épuisée, les yeux rougis et cernés de fatigue. Elle avait l'air malade, et elle le savait. Elle aurait dû faire quelque chose pour y remédier, mais une sorte d'inertie la paralysait. Se sentant incapable d'accompagner Greg dans sa tournée, elle demanda à Miss Tomlin de la remplacer sous prétexte qu'elle avait à sortir.

— Pour longtemps? s'informa Miss Tomlin avec sévérité.

— Je l'ignore.

La vérité, c'était qu'elle n'en savait rien elle-même. Elle

ne souhaitait qu'une seule chose : être seule. Elle confia Sally à Julie. La jeune fille, qui devait être au courant des rumeurs qui circulaient sur son compte, ne lui posa aucune question.

Elle alla boire un peu d'eau fraîche à la source, doutant toutefois d'y trouver le remède nécessaire à ses maux, puis se rendit au pied des vestiges de la Tour des Druides, et s'assit sur un tas de pierres mousseuses. Elle contempla Marshdale, niché au creux des collines, protégé par les arbres, le torrent à ses pieds, les moutons qui gambadaient dans les prés alentours... Quelle ironie! se dit-elle. Elle avait décidé que c'était là qu'elle voulait vivre, mais on ne lui permettrait pas de le faire...

Elle vit une voiture arriver sur la route. Greg... Il lui sembla qu'il regardait dans sa direction. Elle se tourna pour contempler la mer qui scintillait au loin. Elle resta immobile longtemps, incapable de rassembler ses idées.

— Que se passe-t-il? C'est une rébellion?

La voix de Greg la fit sursauter. Elle se tourna rapidement vers lui. Son cœur fit un bond lorsqu'elle le vit lui sourire, et ses yeux se remplirent de larmes.

— Vous pleurez? Si je m'attendais à cela, de la part de la solide petite directrice de Marshdale! Qu'est-ce qui ne va pas, Dilys? Je vous ai aperçue en passant... Allons, dites-moi ce qui vous fait de la peine...

Comment pouvait-il être aussi faux? se demanda Dilys.

— Que voulez-vous de moi? Que j'admette que vous avez gagné la partie? répondit-elle, malade de l'hypocrisie de Greg.

— Quelle partie? De quel jeu stupide parlez-vous?

Rien d'étonnant à ce qu'il joue les innocents...

— Vous prétendez ne pas être au courant des rumeurs qui courent sur mon compte?

— Non, fit-il en haussant les sourcils. Si vous parlez des commérages en ville, je suis au courant. C'est le genre de ragots qui courent habituellement sur toutes les filles qui ne sont pas encore mariées.

— Vous appellez cela des ragots? Quand on me traite de fille-mère, j'appellerais plutôt cela une calomnie!

— Grands Dieux! s'exclama-t-il, habilement, aux yeux de Dilys. C'est vraiment ce qu'on raconte? Je n'ai jamais entendu parler de cela!

— C'est sûrement vrai! fit-elle avec mépris. Ceux qui sont à l'origine des calomnies ne les apprennent de personne. Ils les inventent!

— Mais Dilys, c'est monstrueux! C'est pour cela que vous m'en voulez? Vous croyez que je me répands en calomnies sur votre compte?

— Vous n'aurez plus à m'ennuyer ni à vous tracasser. J'abandonne! Le Major pourra acheter Marshdale et en faire ce qu'il voudra! J'espère simplement que Mafonwyd m'en saura gré.

Elle avait pris sa décision. Elle choisirait la voie de la facilité.

— Dilys...

— Vous êtes satisfait? Cela fera certainement plaisir à votre précieuse Caroline...

— Dilys! Vous êtes surmenée. Je ne pense pas que vous savez ce que vous dites.

— Je le sais parfaitement bien. Une de mes patientes va partir à la fin du mois. Les autres vont suivre, vous pouvez en être sûr. Il n'y a plus d'avenir, pour moi, à Marshdale. Vous ne m'avez pas laissé le choix. Je ne peux que partir. J'espère que vous êtes satisfait. Vous vous êtes bien vengé de tante Gladys et de moi.

— Moi! Me venger de Miss Jones! Vous êtes devenue folle? Rentrons, Dilys! Vous avez besoin de repos et de soins médicaux... C'est ce que je craignais. Vous êtes au bord de la dépression nerveuse...

Elle partit en courant, se retourna quelques mètres plus loin pour lui lancer avec colère :

— Je ne suis pas déprimée! Mais bien entendu, c'est ce que vous allez raconter à tout le monde. Vous me haïssez depuis le début, parce que tante Gladys ne vous a pas légué Marshdale! Très bien! Vous l'avez eue, votre revanche! Marshdale va fermer ses portes!

Il vint vers elle, et prise d'une panique soudaine, elle se mit à courir. Il la rattrapa en quelques enjambées. Elle trébucha et tomba à terre, l'entraînant avec elle sur l'herbe douce qui poussait au pied de la Tour des Druides. Elle leva les yeux vers lui. Elle se détesta pour le désir qu'elle ressentit pour sa bouche, proche de la sienne à presque la toucher. Pendant quelques secondes, elle craignit le pire, l'ultime humiliation... Le souffle court, haletant de l'effort qu'il avait fourni pour la rattraper, Greg se contenta de l'aider à se remettre sur pieds. Il entoura les épaules frêles de Dilys de ses bras.

— Dilys... Vous êtes dépassée par les événements. Vous avez besoin de soins... de vacances peut-être...

— Cessez de jouer la comédie! s'écria-t-elle avec impatience. Toutes vos simagrées me rendent malade!

Elle s'éloigna d'un pas résolu, espérant à moitié qu'il se lancerait à nouveau à sa poursuite. Lorsqu'elle se décida à se retourner, juste avant d'arriver au cottage, il avait disparu. La tour en ruine se dressait, austère, au milieu des prés, et le ciel bleu était limpide, comme si rien n'était venu perturber ce calme ancestral.

10

Cet affrontement avec Greg laissa Dilys plus effondrée que jamais, sapant ses dernières réserves d'énergie. En sécurité dans son cottage, elle tira le verrou au cas où Greg aurait finalement décidé de la suivre et s'affala sur une chaise.

Elle devait contempler le mur depuis très longtemps, lorsqu'elle entendit quelqu'un frapper timidement à sa porte.

— Qui est-ce? demanda-t-elle, soucieuse.

Si c'était Greg, elle refuserait d'ouvrir. Mais elle ne pouvait décemment fermer sa porte à Miss Tomlin, s'il s'agissait d'elle. A son grand soulagement, ce fut Julie qui répondit.

Ellc se leva pour aller lui ouvrir. Elle la fit entrer, et Julie eut juste le temps de la soutenir pour qu'elle ne s'effondre pas sur le sol. Tout se brouilla devant ses yeux. Lorsqu'elle revint à elle, elle était allongée sur son lit. Julie était penchée anxieusement au-dessus de sa tête, une main sur son pouls, l'autre lui caressant doucement le front.

— Je vais appeler le Dr Lewis, dit-elle aussitôt. Vous êtes malade, Miss Davies...

Dilys tenta de s'asseoir.

— Non, Julie! Je vous en supplie! Ne faites pas cela! Je ne suis pas malade. Je suis épuisée. J'ai oublié de déjeuner aujourd'hui. Je me sens déjà mieux...

Elle fit un effort pour sourire.

— Je suis désolée de vous avoir fait cette peur. Dites-moi maintenant ce qui vous amène.

— Cela peut attendre. Je reviendrai une autre fois.

— Vous allez être un ange et me faire une tasse de thé. Vous me raconterez ce qui vous tracasse en attendant.

Dilys se leva en vacillant un peu et alla à la cuisine rejoindre Julie.

— Marshdale va réellement fermer bientôt, Miss Davies? interrogea Julie.

— C'est ce qu'on raconte, dans la maison? demanda Dilys en fermant les yeux.

— Oui. Cela a commencé par des suppositions, mais maintenant, tout le monde a l'air d'en être sûr. J'ai dit que c'était impossible, que vous nous en auriez parlé la première et... J'ai entendu d'autres ragots, fit Julie en baissant la tête. Je sais que c'est faux, mais si vous saviez ce que les gens disent de vous...

— Je le sais! répondit Dilys d'une voix lasse. Je l'ai découvert aujourd'hui même. C'est pourquoi je suis un peu effondrée. J'ai reçu un choc terrible car, bien entendu, il n'y a pas un mot de vrai dans ces calomnies. Mais les choses sont allées trop loin, j'en ai peur. J'ai décidé d'abandonner Marshdale. Je vous serais très reconnaissante de n'en parler à personne. Je le ferai moi-même dès que je serai en meilleur état.

— Mais je suis sûre que tout va s'arranger, fit Julie, horrifiée.

— Non, je ne le pense pas. Nous commençons déjà à perdre des patients, et les défections de personnel ne tarderont pas.

— Deux filles de cuisine et une jeune infirmière ont donné leur préavis aujourd'hui, confirma Julie, les dents serrées. Les gens qui racontent des mensonges aussi vils devraient être poursuivis en justice!

— Ce serait inutile. Il est difficile de découvrir qui propage le premier ce genre de calomnies, et il y aura toujours des gens pour croire qu'il n'y a pas de fumée sans feu...

— Je me demande qui fait cela. Miss Tomlin n'a jamais pu avaler que vous soyez la directrice.

— Je ne pense pas qu'elle ait envie de voir Marshdale fermer ses portes, fit Dilys en soupirant.

— Et Caroline Phillipson? Je suis certaine qu'elle est jalouse de vous! Il est évident que le Dr Lewis est amoureux de vous. Je n'ai pas eu besoin de prêter l'oreille à la rumeur publique pour m'en apercevoir!

— Le thé doit être prêt, Julie, répondit Dilys, les joues en feu.

— Je suis navrée d'être indiscrète, insista Julie, mais c'est la pure vérité. Ce qui est faux, c'est que vous faites du charme à tout ce qui porte un pantalon!

— C'est la réputation que l'on me fait?

— J'ai encore eu la langue trop longue! Mais si vous voulez mon avis, c'est le Dr Lewis qui devrait se charger de faire taire les mauvaises langues...

Dilys s'abstint de répondre. Elle ne voulait pas dire la vérité sur Greg à Julie, ni lui parler de ses propres sentiments pour lui.

— Vous avez l'intention de vendre Marshdale au Major? Je suis convaincue que sa fille et lui sont derrière toute l'affaire pour obtenir ce qu'ils veulent.

Dilys avait déjà pensé à cette éventualité. Elle préféra changer de sujet.

— Vous avez des nouvelles de Ted?

Le visage soucieux de Julie s'éclaira instantanément.

— J'ai reçu une lettre aujourd'hui. Il voudrait venir passer quelques jours ici, si vous n'y voyez pas d'inconvénient. Linderfield est vraiment un endroit merveilleux, pour lui. Il réapprend à nager, à faire toutes sortes de choses. Il devient tout à fait indépendant.

Dilys se hâta de répondre qu'elle serait enchantée de recevoir Ted quelques jours.

— Je suis si heureuse, Julie. Le rétablissement de Ted est le seul résultat positif de mon séjour ici...

— Il vaut mieux que je parte avant que le Vieux Dragon ne crache des flammes.

— Renvoyez-moi Sally, si elle vous gêne dans votre travail, lui recommanda Dilys.

Lorsqu'elle fut à nouveau seule, Dilys réfléchit au plan d'action qu'elle allait adopter. En fait, on le lui avait déjà tracé d'avance. Demain, elle irait voir Bryn Powell et partirait ensuite aussi vite que possible, avec Sally, directement chez ses parents, à Londres.

Dilys ne parut pas au dîner dans la petite salle à manger réservée au personnel. Elle se sentait incapable de les affronter. Lorsque Julie lui ramena Sally, elle prépara un repas léger au cottage et s'installa devant la télévision quand la fillette fut couchée, en espérant n'être plus dérangée. Cet espoir-là aussi fut déçu. Miss Tomlin, le visage sinistre, vint frapper à sa porte.

— Je suis désolée que vous ne vous sentiez pas bien, fit-elle lorsque Dilys la pria de s'asseoir. Je ne resterai pas longtemps. C'est assez délicat...

— Ne craignez pas de dire ce que vous pensez, l'encouragea Dilys, certaine de connaître le but de sa visite.

L'infirmière jeta un coup d'œil sur la photographie de tante Gladys.

— Il n'y a jamais eu le moindre scandale, du temps de Miss Jones, fit-elle d'un ton accusateur.

Voyant que Dilys ne l'aiderait pas, elle poursuivit avec aigreur :

— La région est pleine de rumeurs...

— Que vous n'avez rien fait pour démentir, j'en suis sûre, riposta froidement Dilys. C'est tout ce que vous aviez à me dire, Miss Tomlin? Je suis assez fatiguée. J'aimerais me coucher.

Miss Tomlin la regarda d'un œil critique.

— Votre fatigue commence à se voir. Je crains, Miss Davies, que vous n'ayez pas pleinement évalué la tâche que vous avez entreprise. Diriger une maison de santé est une affaire sérieuse et...

— Je ne m'attendais pas à devoir lutter contre la malveillance et la calomnie! s'exclama Dilys.

— Je n'ai pas à en juger, fit Miss Tomlin en haussant les épaules. Tout ce que je sais, c'est que si vous ne quittez pas Marshdale, les conséquences seront très graves pour la maison de santé.

— Je vais vendre Marshdale, déclara Dilys d'une voix blanche. Je partirai dès que possible, soyez sans crainte.

Un éclair d'appréhension traversa le visage figé de Miss Tomlin.

— Je ne pensais pas que cette rumeur-là était fondée...

— Je viens de prendre cette décision aujourd'hui-même. Vous pourrez la répandre, comme les autres.

— J'espère que vous n'insinuez pas que...

— Je pense que vous avez tout fait pour que je me sente de trop dans cette maison. Mais je n'ai pas envie d'en discuter. Venons-en au fait, si vous avez autre chose à me dire.

— Il est inutile de vendre la maison de santé, affirma Miss Tomlin avec passion. Je serais heureuse de m'en occuper. Quand l'émotion se sera calmée... et dans quelques années, quand vous serez plus âgée... que vous serez mariée... vous serez mieux acceptée dans la communauté... Vous pourriez revenir vous en occuper. En attendant, cela vous ferait un petit revenu supplémentaire... oh, pas énorme. Miss Jones n'était pas attirée par le profit...

Son ton était presque enjôleur! Dilys la regarda avec dégoût, sans parvenir à haïr cette femme qui luttait désespérément pour conserver son poste d'infirmière en chef qu'elle ne retrouverait probablement pas facilement ailleurs, mais qui, à ses yeux, lui était dû à Marshdale. Pourtant, en regardant ce visage compassé, cette silhouette filiforme au dos raide et en se souvenant de sa malveillance, elle se révoltait de tout son être à l'idée qu'elle allait lui permettre de triompher d'elle. Greg l'avait déjà suffisamment humiliée...

Mais ne valait-il pas mieux prendre une revanche sur ceux qui l'avaient le plus blessée et qui n'avaient ni foi ni loi, comme le Major Phillipson? Si elle s'en allait en laissant à Miss Tomlin le soin de gérer Marshdale, en dépit de l'aversion qu'elle lui inspirait, ce serait la meilleure solution pour la maison, le personnel et les patients.

— Je vous remercie de votre suggestion, Miss Tomlin. Je vais y réfléchir.

Mais elle savait déjà que c'était la seule chose à faire. Pour sauvegarder quelques bribes de son orgueil blessé, elle sentit qu'elle ne devait pas faire part de sa décision trop hâtivement à Miss Tomlin. Cette femme n'en mourrait pas, si une bonne nuit d'insomnie et d'angoisse lui faisait payer en retour toutes celles qu'elle lui avait infligées.

Miss Tomlin se leva, toujours aussi raide.

— Vous avez l'air malade, Miss Davies. Vous devriez suivre mon conseil et prendre un peu de repos.

Dilys alla vérifier après son départ si tout allait bien dans la chambre de Sally, espérant pouvoir passer une bonne nuit de sommeil réparateur, elle qui pouvait dormir à même le sol, autrefois!

Le lendemain matin, sa colère était tombée pour faire place à une morne résignation. Elle était presque reconnaissante envers Miss Tomlin, qui l'avait empêchée d'agir inconsidérément sous le coup de l'émotion. Elle ne désirait plus se venger de tous ceux qui l'avaient calomniée. Elle ne reviendrait pas sur la promesse qu'elle s'était faite de ne pas vendre Marshdale au Major Phillipson. Elle devait bien cela à tante Gladys. Elle contempla les montagnes, les larmes aux yeux, sachant qu'elle devrait bientôt les quitter pour toujours, car elle ne reviendrait jamais à Marshdale. Elle recevrait régulièrement un chèque qui ne serait qu'un souvenir cuisant et amer des quelques semaines qu'elle avait passées dans ce coin tranquille du Pays de Galles qu'elle pensait avoir fait sien.

Elle laissa Sally au soin des infirmières et descendit en voiture jusqu'à l'étude de Bryn Powell. Il n'était pas dans son bureau, mais sa secrétaire, quoi qu'elle ait pu entendre sur son compte, téléphona chez lui et dit à Dilys qu'il y attendrait sa visite.

— Dilys! Bryn a essayé de vous appeler plusieurs fois cette semaine! lui dit Ellen lorsqu'elle vint lui ouvrir la porte.

Bryn l'accueillit avec un sourire chaleureux qui la réconforta.

— Cela fait un moment que nous ne vous avons pas vue, lui fit-il avec reproche.

Elle alla droit au but.

— J'ai fini par découvrir ce que les gens racontent sur moi. Je pense que vous êtes au courant?

Ellen et Bryn parurent un peu gênés.

— Dans les villages, les gens bavardent... Vous savez ce que c'est... et malheureusement, ils ont parfois l'imagination débridée, répondit Bryn.

— Vous paraissez très affectée, Dilys, fit gentiment Ellen.

— Ce qui me préoccupe le plus, c'est que Marshdale risque d'en souffrir, expliqua Dilys. Je ne vous cacherai pas que j'en suis, en effet, profondément affectée. J'ai déjà donné mauvaise réputation à la maison. Deux domestiques, une infirmière et une patiente vont bientôt partir. Les autres se font du souci à l'idée que je vais finir par vendre.

— C'est ce que j'ai entendu dire. C'est pourquoi je vous ai téléphoné. Je voulais l'entendre de votre bouche, car je n'arrive pas à y croire.

— C'est vrai, Dilys? lui demanda Ellen, visiblement mal à l'aise.

— J'y ai pensé hier, dans un moment de rage et de déception. J'étais tellement indignée par ce que j'avais appris, que j'ai failli aller voir le Major et lui offrir Marshdale au prix qu'il voudrait, pour avoir la satisfaction de voir Mafonwyd mijoter dans son jus. Mais je n'en aurais tiré qu'un sentiment de culpabilité pour le restant de mes jours. Je vais donc suivre le conseil de Miss Tomlin.

— Miss Tomlin! s'écrièrent-ils en chœur... Et quel est ce conseil?

— Je vais laisser Marshdale entre ses mains compétentes. Une fois qu'elle en aura la gérance, les rumeurs se tairont. Je suis certaine que personne n'osera médire sur le charmant caractère de Miss Tomlin!

— Oh! Ma chère Dilys! Comme cela doit être horrible pour vous! compatit Ellen. Comment les gens osent-ils être si destructeurs? J'ai honte de n'avoir pu réussir à faire taire ces calomnies. Je me demande qui fait courir ces bruits...

— On ne peut jamais être sûr de rien, dans ce domaine. Mais en l'occurrence j'ai de fortes présomptions...

— Le Major, évidemment, fit Ellen d'un ton farouche. Rien n'arrête ce triste individu.

— Le voilà débarrassé de moi, mais il n'aura pas Marshdale pour autant!

— Vous pourriez peut-être l'attaquer en diffamation. Qu'en penses-tu, Bryn?

— Difficile à prouver! Les ragots ont pu partir de Marshdale, et les gens ont pu broder à loisir...

— Je fais confiance à Caroline Phillipson dans ce domaine, dit sa femme avec dégoût.

Dilys garda le silence sur Greg, qui était pour eux un ami insoupçonnable.

— Qu'allez-vous devenir, Dilys? s'inquiéta Ellen.

— Je vais partir. J'espère que Bryn voudra bien continuer à s'occuper des affaires de Marshdale. Je serais trop heureuse d'accepter toutes vos suggestions. Je désire m'en aller le plus vite possible, termina Dilys, les larmes aux yeux.

— Je crois qu'une tasse de thé fera du bien à tout le monde, proposa Ellen qui avait l'esprit pratique.

Dilys but son thé et s'apprêta à partir.

— Je vais rentrer annoncer la nouvelle à Marshdale. J'espère que cela empêchera la situation de pourrir davantage.

— Nous aurions tant voulu pouvoir faire quelque chose

pour vous aider, lui dit Ellen en la raccompagnant à la porte.

Elles étaient toujours sur le perron lorsque la voiture de Greg apparut sur la route. Dilys manqua défaillir. Greg était la dernière personne qu'elle avait envie de voir. Il sortit de sa voiture et vint vers elles en cherchant le regard de Dilys.

— Restez encore une minute pour demander conseil à Greg. Je suis certaine que...

— Non! Je dois rentrer immédiatement, fit Dilys précipitamment. J'attends un coup de fil de Londres...

Elle battit en retraite en évitant le regard de Greg. Il allait avoir une grande satisfaction en apprenant qu'elle n'aurait pas Marshdale non plus.

Ce ne fut que lorsqu'elle arriva devant sa voiture qu'elle s'aperçut qu'elle avait oublié sa veste dans l'entrée. Son porte-monnaie et les clefs de sa voiture étaient dans sa poche. Elle ne put faire autrement que de retourner chercher sa veste.

Il faisait doux, et la porte était restée ouverte. Elle était sur le point de sonner tout de même pour signaler sa présence lorsque des voix lui parvinrent de la maison. Elle s'arrêta, s'apercevant qu'elle pouvait entrer sur la pointe des pieds, prendre sa veste et filer, sans déranger personne. Elle s'épargnerait ainsi la gêne de revoir Greg et de résister à leurs pressions pour qu'elle reste encore un moment. Elle reconnut la voix de Bryn qui était en train de hausser le ton. Elle ne put faire autrement que d'entendre :

— Mais enfin, Greg! Pour l'amour du Ciel! Demandez lui de vous épouser! C'est ce qui pourrait arriver de mieux... D'abord, il est grand temps de vous marier, et ensuite, si vous ne vous dépêchez pas de faire quelque chose pour dissiper les malentendus, elle va vous glisser entre les doigts!

— Je suis certaine qu'elle vous aime plus que vous ne le pensez, ajouta Ellen.

Dilys s'empara de sa veste comme une voleuse, totalement perplexe. Elle était surprise que Greg soit venu voir les Powell pour puiser auprès d'eux le courage de demander à Caroline Phillipson de l'épouser, alors qu'ils avaient tout l'air d'être déjà plus ou moins fiancés! Il paraissait toujours si sûr de lui et si déterminé qu'elle avait du mal à croire qu'il avait besoin d'un conseil de ce genre. Mais quand il était amoureux, il perdait peut-être ses moyens...

Elle passa devant sa voiture avec un pincement de cœur et rentra à Marshdale, en essayant de ne plus penser à ses yeux noirs et profonds, à ses mains fines et caressantes, au sourire de ses lèvres sensuelles, qui même dans sa mémoire, soulevaient encore un émoi qu'elle ne pouvait réprimer.

11

Dilys savait qu'elle aurait dû faire part de sa décision à son personnel et à ses patients dès que possible. Mais elle était trop bouleversée pour ne pas craindre de fondre en larmes devant tout le monde. Elle aurait tant voulu que tout soit terminé!

Julie ne tarda guère à venir prendre de ses nouvelles. Elle lut sur le visage de la jeune infirmière une joie sans pareille.

— Julie! Ne me dites pas que vous avez reçu encore une autre lettre de Ted! fit Dilys en souriant.

Julie la sortit instantanément de sa poche.

— Oh! Miss Davies! J'ai une merveilleuse nouvelle à vous annoncer! Ted me demande de l'épouser!

Dilys sentit une bouffée de bonheur lui desserrer le cœur.

— C'est la meilleure nouvelle depuis longtemps. Et, bien entendu, vous allez accepter?

Julie éclata d'un rire heureux.

— J'attends ce moment depuis des siècles! Je l'aime tellement, Miss Davies... Et ce n'est pas tout! Il a écrit à son père qui lui a répondu! Une lettre très amicale, d'après Ted. Il accepte que son fils rentre dans l'affaire dès qu'il le voudra. Depuis qu'il est à Linderfield, Ted est complètement transformé...

Pour la première fois de sa vie, Dilys envia le bonheur de quelqu'un.

— J'étais sûre que vous aviez de l'amour pour Ted et non de la pitié, triompha Dilys.

— De la pitié? Il n'en voudrait pas. D'ailleurs, il n'en a pas besoin, fit Julie en pouffant soudain de rire. En réalité, je connaissais Ted bien avant son accident, et j'ai toujours été un peu amoureuse de lui! Mais c'était un vrai sauvage, à l'époque. Il ne m'aurait même pas remarquée! Je n'étais pas du tout son type! C'est bizarre, la vie...

— Vraiment bizarre! approuva Dilys avec un soupir.

— J'espère qu'il m'aime vraiment, et que ce n'est pas une toquade ou la peur de la solitude...

— Je ne pense pas trahir une confidence en vous disant qu'il y a longtemps que Ted m'a avoué qu'il était amoureux de vous! Il ne vous repoussait que parce qu'il croyait ne pas avoir le droit de vous aimer!

— Maman va être aux anges! exulta Julie. Je la vois déjà courir acheter du tissu pour ma robe de mariée!

Dilys eut le cœur serré à l'idée qu'elle n'assisterait pas au mariage de Ted et de Julie. Elle fut heureuse d'entendre sonner le téléphone, interrompant ses réflexions mélancoliques. A sa grande surprise, Ralph Waring, la cause initiale de tous les ragots, était au bout du fil.

— Je suis de retour! annonça-t-il avec chaleur. Si je vous invitais à dîner, ce soir? Allons! Ne soyez pas si casanière! Prenez pitié d'un pauvre agent commercial esseulé!

Elle eut envie de refuser, mais Ralph réussit à la convaincre. Broyer du noir toute seule n'arrangerait pas ses affaires. Elle annoncerait son départ au personnel et aux patients demain... La compagnie de Ralph la remettrait peut-être d'aplomb. Au point où elle en était, quelques ragots de plus n'y changeraient rien!

Elle n'avait fait part de sa décision qu'à une seule personne : Gwen... Elle lui avait téléphoné au cours de l'après-midi, et Gwen fut visiblement honteuse du sort que ses concitoyens avaient réservé à Dilys.

— Personne n'est à blâmer, la rassura Dilys.

Excepté Greg, le Major Phillipson, et sa ravissante fille,

se dit-elle amèrement. Sans eux pour alimenter les commérages en mensonges frais, tout serait rentré dans l'ordre rapidement, et elle aurait fini par être acceptée. Gwen lui proposa de garder Sally avec ses garçons jusqu'à son départ de Marshdale. Elle conduisit donc la fillette qui mourait d'impatience de retrouver ses compagnons chez Gwen. Elle ne resta pas longtemps chez les Griffiths, car, en dépit de leur gentillesse, une gêne compréhensible rendait désormais leurs rapports difficiles. Elle fut heureuse lorsque Ralph vint la chercher. Pour une fois, elle ne se donna même pas la peine de dire à Miss Tomlin où elle allait. Elle n'en savait d'ailleurs rien.

— Vous connaissez un endroit agréable? lui demanda Ralph.

— N'importe où, répondit Dilys, mais pas au *Llewellyn Arms*! Hélas! Je ne connais pas très bien la région.

— Nous pourrions aller à Caernarvon ou à Bangor...

— J'ai une idée, fit Dilys. Allons au *Puits des Druides*, c'est moins loin.

Elle n'y était plus retournée depuis que Greg l'avait invitée à déjeuner. Elle regretta immédiatement d'être venue avec Ralph car elle fut assaillie dès l'entrée par des souvenirs douloureux. Le barman lui coula un regard bizarre, comme s'il réprouvait de la voir escortée d'un autre homme que Greg. Ralph était par contre d'excellente humeur. Ses affaires avaient été bonnes. Lorsque Dilys lui annonça qu'elle allait quitter Marshdale, il n'en parut pas autrement surpris.

— Je vous voyais mal installée là-bas pour la vie. Au fond, ce n'était pas vraiment votre vocation.

— Je pense que si.

Elle n'eut pas envie d'en dire davantage et par chance, il ne lui demanda de fournir aucune explication. Après le dîner qu'elle ne prit aucun plaisir à grignoter, ils allèrent prendre le café au bar. Dilys eut un haut-le-corps en apercevant Greg et Caroline, assis près de la porte.

— Bonsoir, Dilys, lui dit Greg sans la regarder en face. Vous êtes sans doute Ralph? ajouta-t-il en s'adressant au compagnon de Dilys.

— On ne peut rien vous cacher, répondit le jeune homme, qui visiblement n'aimait pas Greg.

— Oh! Oui... Je me souviens de vous, roucoula Caroline. Vous étiez avec Dilys à Bangor, l'autre jour. Nous nous sommes rencontrés à la gare.

— Vous avez déjà dîné? demanda Greg.

— Oui, répondit Ralph. Nous ne voudrions pas vous déranger. Nous en sommes au café.

— Je ne voudrais pas m'éterniser ici, Ralph. J'ai une forte migraine, et je voudrais rentrer aussitôt après avoir pris mon café, fit Dilys dès qu'elle fut seule avec Ralph.

La perspective de retrouver Greg et Caroline au bar ne lui souriait guère. D'autant que Greg était probablement en train de faire sa demande en mariage.

— Tout à fait d'accord. Je n'ai pas envie de passer le reste de la soirée avec ces deux snobs!

Dès qu'elle fut installée dans la voiture, Dilys sombra dans une profonde rêverie, tandis que Ralph se lançait dans un joyeux monologue qu'elle entendit à peine. Elle s'aperçut soudain que Ralph avait ralenti et qu'il s'engageait dans une petite impasse.

— Que se passe-t-il? lui demanda-t-elle en revenant à la réalité.

— Vous n'avez pas écouté un mot de ce que je vous ai dit depuis au moins cinq kilomètres. Qu'est-ce qui ne va pas, Dilys?

Il appuya son bras sur le dossier du siège de Dilys, et ses doigts jouèrent avec une mèche de ses cheveux.

— Je n'aurais pas dû sortir. Je suis épuisée. J'aurais mieux fait d'aller me coucher.

— Je peux peut-être vous apporter un peu de réconfort...

Avant qu'elle ait pu faire un geste, il posa ses lèvres sur celles de Dilys, ses mains se glissèrent sous sa veste pour caresser la peau nue de son dos. Elle se laissa faire avec un sentiment un peu fou de fatalité. Rien n'avait plus d'importance, à présent. Les baisers de Ralph se firent plus pressants, et elle y répondit, puisant un certain réconfort à se sentir désirée et non plus rejetée. La chaleur communicative de Ralph effaça pour un instant toutes ses souffrances des jours passés. Mais Ralph n'y était pour rien... Les yeux fermés, elle s'imaginait être dans les bras de Greg...

— Dilys!... Je vous aime, murmura Ralph, brisant le charme.

Dilys comprit soudain que ce qu'elle venait de faire était stupide. Elle devait vraiment avoir perdu la raison pour laisser Ralph aller si loin. Ralph ne l'aimait pas, et elle ne l'aimait pas non plus. Elle le repoussa fermement.

— Je suis désolée, Ralph, je n'aurais pas dû...

Il poussa un soupir d'impatience.

— D'accord. J'ai été assez naïf pour croire que j'avais le feu vert. Mais le feu vert n'était pas pour moi! Je suis optimiste, Dilys, mais pas complètement idiot. Vous pensiez à l'homme qui était avec la belle blonde au restaurant? C'est une cause perdue, je présume...

Sa voix n'était pas du tout sarcastique, mais plutôt compatissante.

— Vous passez vite aux conclusions, fit-elle, stupéfaite.

— Non! C'est son nom que vous avez murmuré il y a un instant.

— Rentrons, je vous en prie, Ralph. Je suis désolée... Je n'avais pas l'intention de vous blesser. J'ai un peu perdu la tête...

— J'aurais souhaité que ce fût pour moi! dit-il avec humour. Je ne supporte pas de vous voir malheureuse, Dilys, et je suis sûr que j'aurais pu arranger cela!

— Ralph, je vous en prie! protesta Dilys en se dégageant du bras qu'il avait glissé autour de ses épaules.

Des phares illuminèrent soudain l'intérieur de la voiture, provenant d'un autre véhicule qui approchait à grande vitesse et qui vint s'arrêter derrière le leur dans un crissement de freins. Un homme en sortit et courut vers eux. Il se pencha jusqu'à la vitre de la portière, et Dilys reconnut Greg.

— Dilys? appela-t-il d'un ton brusque.

Bouleversée, elle remit de l'ordre dans ses vêtements sous son regard inquisiteur.

— ...Vous feriez bien de rentrer immédiatement à Marshdale...

Elle sut instantanément que quelque chose de grave était arrivé.

— Pourquoi? Que se passe-t-il?

— Mme Carruthers a disparu. On vient de me prévenir au restaurant. Vous savez qu'elle a le cœur fragile. Nous avons intérêt à faire vite...

Ralph, sans un mot, mit le contact et se lança derrière la voiture de Greg. Dilys n'ouvrit pas la bouche tout au long du parcours. Dès qu'ils furent arrivés à la maison de santé, Ralph s'offrit à participer aux recherches pour retrouver la vieille dame.

Julie fut la première personne que Dilys rencontra.

— Miss Davies! Dieu merci, vous êtes là. Je ne savais pas où vous joindre. Miss Tomlin a téléphoné à la police, et nous avons réussi à trouver le Dr Lewis qui était sorti aussi. Il vient d'arriver à l'instant.

Une équipe de recherche venait également d'arriver du village, et ses membres s'attroupèrent devant le bâtiment principal.

Les deux heures qui suivirent furent un véritable cauchemar. Les équipes se dispersèrent dans toutes les directions. Le clair de lune, par chance, rendait leur tâche moins malaisée. La très vieille femme n'avait pu aller bien loin, mais si elle était blessée ou évanouie quelque part, elle pouvait être difficile à trouver.

Le moment le plus pénible pour Dilys fut celui où elle surprit une conversation entre deux hommes participant au quadrillage de la propriété.

— Une chose pareille ne serait jamais arrivée du temps de Miss Jones! La maison n'est plus ce qu'elle était; cette fille est toujours en train de vadrouiller quelque part quand on a besoin d'elle!

— D'après ce que j'ai entendu dire, elle n'est vraiment

pas le genre de personne à diriger une maison de santé. Plus vite elle partira, mieux cela vaudra!

Ulcérée par l'injustice de ces remarques, Dilys s'éloigna en courant et se heurta à Greg. Il la retint fermement par le bras pour l'empêcher de perdre l'équilibre, puis la repoussa loin de lui.

— Si vous voulez vous rendre utile, vous feriez mieux d'organiser des recherches dans la maison et dans tous les bâtiments. Les premières investigations ont peut-être été insuffisantes. Cherchez dans les toilettes, partout, même dans le placard à balais!

Dilys n'eut pas la force de lui rappeler que pour le moment, c'était encore elle qui donnait des ordres dans la maison, et non lui. Elle obéit automatiquement. Lorsqu'elle ne sut plus où chercher, elle alla au cottage prendre un bref moment de répit. Épuisée, elle poussa la porte et sursauta en voyant une lumière bleutée scintiller dans la pièce. La télévision était restée branchée. Pourtant, elle ne l'avait pas regardée avant de partir...

Elle courut dans le salon plongé dans l'obscurité, à l'exception de cette faible source de lumière. Pas un son ne sortait de l'appareil. Ce ne fut que lorsqu'elle appuya sur l'interrupteur et que la lumière se fit dans le salon, qu'elle vit la minuscule silhouette de Mme Carruthers enfouie dans un grand fauteuil où elle disparaissait presque.

La vieille dame clignota des yeux.

— Je ne sais pas ce qui se passe avec la télé, ce soir, se plaignit-elle d'un ton hargneux. Il n'y a plus de son!

Elle regarda autour d'elle avec une soudaine curiosité.

— Oh! Mais tout le monde est parti se coucher!

Elle ne semblait absolument pas se rendre compte qu'elle n'était pas devant l'appareil réservé aux patients dans le bâtiment principal.

— Il y a longtemps que vous êtes ici, madame Carruthers? demanda Dilys avec douceur à la vieille dame.

Personne n'avait songé à venir la chercher là. Dilys n'avait pas fermé la porte à clef en partant. Elle le faisait rarement, cette précaution lui paraissant inutile.

La vieille Mme Carruthers sembla ne pas entendre sa question ou ne pas la comprendre. Elle fit un large sourire à Dilys.

— J'aime bien cet homme... Comment s'appelle-t-il, déjà?... J'oublie toujours... Vous savez bien, avec les animaux... Il était là ce soir.... Je n'ai pas pu entendre un mot... Le son est parti...

Elle se remit à fixer l'écran avec attention. Dilys tourna le bouton pour donner du volume au son et sortit en courant avertir les chercheurs. Pauvre vieille... Comment avait-elle eu l'idée et la force de venir jusqu'au cottage, nul ne le saurait jamais... Elle était complètement sénile et rarement lucide. Sa vie était exclusivement réduite à la contemplation de la télévision.

Lorsque tous les gens participant à la battue furent prévenus et restaurés avec des sandwichs arrosés de thé, chacun rentra chez soi, et l'état d'alerte prit fin. Avec un peu de chance, se dit Dilys, ce serait la dernière catastrophe qu'elle aurait à subir à Marshdale. Elle remercia Ralph pour son aide et lui souhaita une bonne nuit. Elle lui sut gré de ne pas lui proposer de la revoir à Londres où ils seraient bientôt tous les deux. Il savait aussi bien qu'elle que c'était inutile.

Bientôt, toutes les voitures disparurent, à l'exception de celle de Greg. Elle ne l'avait plus revu depuis qu'il lui avait donné l'ordre de fouiller la maison. Pas plus que Caroline, qui en toute logique avait dû participer aux recherches, puisqu'elle était avec Greg au moment de l'incident. Comme elle ne parvint pas à trouver non plus Miss Tomlin, elle en déduisit que Greg et elle étaient probablement ensemble en train de discuter. Ne pouvant rien faire de plus, elle décida de retourner au cottage.

Lorsque Greg sortit de l'ombre, près du cottage, elle sursauta de peur.

— Je vous attendais. J'ai à vous parler, lui dit-il.

— Il n'y a rien à dire. Je m'en vais. Miss Tomlin dirige la maison à partir de maintenant. Vous vous contenterez de cette victoire, mais ni vous, ni le Major, n'aurez Marshdale.

— Cela suffit, Dilys, ordonna-t-il d'un ton sec. Je sais que vous pensez avoir des raisons de me haïr, mais vous vous trompez lourdement. Je n'ai pas l'intention de discuter de cela debout dans le noir. Alors, voulez-vous me permettre d'entrer chez vous, oui ou non?

— Ma réputation n'en souffrira pas davantage! dit-elle amèrement en ouvrant la porte en grand.

Il entra derrière elle. Dilys alla directement à la cuisine faire du café. Greg la suivit.

— Parlons avant tout de cet homme, Ralph... fit-il avec une franchise inattendue.

— Ce n'est pas votre affaire.

— C'est sérieux, avec lui, ou c'est juste... une sortie exceptionnelle?

— Je sais quels bruits vous ferez courir sur moi...

Il se rapprocha d'elle, le regard dur.

— Dilys, il faut que je sache si cet homme compte pour vous.

Elle ne comprenait vraiment pas pourquoi il la harcelait de la sorte.

— Si je vous demandais si c'est sérieux, entre Caroline Phillipson et vous, je suis certaine que vous me conseilleriez de me mêler de mes affaires!

— Cela n'a absolument rien à voir!

Elle le poussa légèrement pour pouvoir passer et porter le plateau supportant la cafetière et les tasses au salon. Ses mains tremblaient si fort que la porcelaine s'entrechoquait.

— Pourquoi? Elle a repoussé votre demande?

— Je ne comprends rien à ce que vous racontez.

— Vous n'avez pas eu le courage de la demander en mariage? fit Dilys d'un ton glacial.

— Moi! Demander Caroline en mariage? Vous perdez la tête! Je ne suis pas amoureux de Caroline. Vous l'imaginez dans le rôle d'une femme de médecin de campagne? C'est une plaisanterie!

— C'est vous qui le dites! Vous semblez ignorer qu'elle est fermement décidée à vous épouser. Demandez à Gwen, ou à Megan... ou à Bryn et Ellen. C'est pourtant ce qu'ils vous ont conseillé de faire...

— Qu'est-ce qu'ils m'ont conseillé de faire? demanda-t-il d'une voix méfiante.

— Je suis revenue chercher ma veste que j'avais oubliée ce matin, et j'ai surpris sans le vouloir votre conversation avec Bryn et Ellen... Bryn vous poussait à la demander en mariage et à éclaircir tous les malentendus...

Un sourire se dessina sur les lèvres de Greg.

— Mais... Dilys... Nous ne parlions pas de Caroline!

— Elle ou une autre, quelle importance? Je ne sais pas pourquoi nous en parlons, et je ne sais toujours pas pourquoi vous êtes ici. Vous avez obtenu ce que vous vouliez. Que voulez-vous de plus? Faites-moi la faveur de partir et de me laisser un peu seule.

Il n'en fit rien et s'installa sur une chaise.

— Puisque vous avez si gentiment fait du café et que je vois deux tasses sur la table, j'aimerais rester encore un moment... et éclaircir tous ces quiproquos... du moins, je l'espère...

Dilys le regarda d'un œil froid qui alla se poser ensuite sur le plateau de café qu'elle ne se souvenait même plus d'avoir préparé. Elle ne désirait plus avoir affaire à Greg. Elle voulait ne plus jamais le revoir...

Il versa le café dans une tasse et la lui tendit en lui faisant signe de s'asseoir aussi. Elle obéit comme une marionnette dont il aurait manipulé les ficelles.

— Où est Caroline? demanda-t-elle stupidement.

— Pour l'amour du Ciel! Vous êtes obsédée par cette fille! Elle est rentrée chez elle avec quelqu'un il y a des heures! Ce n'est pas son genre, d'aider les autres! Elle s'est défilée dès qu'elle a pu le faire décemment... Maintenant, nous allons régler quelques petites questions immédiatement, vous voulez bien?

Dilys sentit grandir sa nervosité et son embarras et garda le silence.

— A la tour, commença Greg lentement, vous m'avez accusé d'être à l'origine des rumeurs qui circulaient sur votre compte. J'ai d'abord cru que vous étiez complètement folle. Je savais, bien sûr, que vous faisiez l'objet d'un certain nombre de commérages. J'ai d'ailleurs essayé de vous mettre en garde. Mais je pensais que cela n'avait pas pris des proportions sérieuses. Ce n'est que lorsque Bryn et Ellen m'ont mis au courant de ce que vous subissiez, que j'ai compris que vous n'étiez pas en train de faire une crise aiguë de paranoïa.

Dilys se risqua à rencontrer son regard chargé de reproches mais bienveillant.

— Ce que je n'arrive pas à m'expliquer, c'est pourquoi vous m'en rendez responsable et pourquoi vous parlez de vengeance contre vous et contre Miss Jones...

— Vous avez une très bonne raison, fit-elle obstinément.

— Laquelle?

— Vous n'allez pas nier que vous en voulez à tante Gladys de ne pas vous avoir légué Marshdale, plutôt qu'à moi?

— Bien sûr que si! Je n'ai jamais pensé une seconde qu'elle me lèguerait Marshdale! Pourquoi l'aurait-elle fait, et à quel titre?

— Ne faites pas l'innocent, Greg! J'ai vu le testament original. Elle avait l'intention de tout vous léguer, mais elle a changé d'avis à la dernière minute. Ne prétendez pas que vous l'ignorez!...

Il secoua la tête, ébahi.

— Je vous jure que je n'en savais rien Même si je l'avais su, je n'aurais pas monté cette cabale contre vous pour me venger!

— Vraiment! ironisa Dilys, sceptique. Mais vous auriez peut-être aidé le Major et son ensorcelante fille à obtenir ce qu'il voulaient...

— Encore moins! Je suis catégoriquement contre les plans du Major.

— Ce n'est pas ce que pense Megan, ni ce que croyait tante Gladys. Elle m'a écrit une lettre, juste avant de mourir, dans laquelle elle disait qu'elle n'avait plus confiance en vous.

— Juste ciel! Mais pourquoi?

— Parce que vous êtes amoureux de Caroline Phillipson et de ce fait, un supporter de ses ambitions. A moins que vous n'ayez retourné votre veste depuis qu'elle vous a repoussé.

— La situation est plus grave que je ne le pensais, fit-il en passant une main nerveuse dans ses cheveux. Laissez-moi essayer de vous expliquer ce qui s'est passé, Dilys. J'ai évité de prendre position en public contre les projets du Major, c'est vrai, parce que je ne voulais pas qu'il sache exactement de quel côté j'étais. En sortant avec Caroline de temps en temps, je lui ai donné l'impression d'être d'accord avec eux. Ainsi j'ai pu savoir tout ce qu'il manigançait. Si vous préférez, j'étais un espion dans le camp de l'ennemi. Mais je n'ai jamais eu l'intention de demander à Caroline de m'épouser. Dieu m'en garde! Cela dit, je reconnais que c'était une manœuvre stupide de ma part que de lui en avoir donné l'illusion. Je n'imaginais pas qu'elle envisageait sérieusement de lier son sort à celui d'un paysan de mon espèce! Je comprends maintenant que cela ait pu alarmer votre marraine, d'autant que le Major commençait à l'importuner sérieusement.

— Vous êtes sûr que vous n'avez pas aidé à colporter des calomnies sur mon compte?

Elle aurait voulu pouvoir le croire, mais n'était pas totalement convaincue.

— Vous avez été hostile dès le début.

— Oui. Je l'admets. Quand je vous ai vue arriver, j'ai été atterré. J'avais peur que vous vous laissiez séduire par l'argent que le Major n'allait pas manquer de vous proposer. Je vous ai sous-estimée. Vous m'avez cloué le bec quand vous avez décidé de diriger vous-même la maison. J'ai d'abord pensé que vous étiez trop jeune et trop inexpérimentée, ce qui pouvait éventuellement servir les projets du Major.

— Mais vous avez tenté de me parler de ce projet dès mon arrivée...

— Qu'est-ce que j'ai dit? Absolument rien, si j'ai bonne

mémoire. Vous ne m'avez pas laissé placer un mot! Je ne voulais pas vous parler du projet du Major, Dilys. Je voulais vous faire part d'une autre solution que votre marraine approuvait. Nous en avions discuté à plusieurs reprises.

— De quoi s'agit-il?

— Nous voulions monter une société et faire de Marshdale un village pour les retraités, rattaché à la maison de santé. Les terres appartenant à Marshdale sont louées à l'année et facilement récupérables. Le projet consiste à construire progressivement plusieurs hameaux pouvant abriter des couples ou des célibataires à la retraite voulant se dégager des contingences de leurs propres maisons. Ils paieraient chacun un petit loyer augmenté de faibles charges d'entretien, et quand ils seraient incapables de s'occuper d'eux-mêmes, ils pourraient être admis dans la maison de santé, située sur les lieux mêmes où ils auraient vécu, ce qui atténuerait le traumatisme inévitable que ressentent ceux qui sont obligés de quitter un environnement familier.

Dilys n'était pas loin de partager l'enthousiasme qui l'animait. Il avait l'air tellement sincère! Mais il l'avait déjà déçue, et pouvait la décevoir encore. Elle avait du mal à l'oublier.

— Cette idée paraît merveilleuse. Je ne vois pas en quoi elle aurait pu inciter tante Gladys à modifier son testament.

— En y réfléchissant mieux, elle était en droit de douter de mon intégrité... Je lui ai fait mauvaise impression en m'affichant avec Caroline. Elle ne m'en a jamais parlé, et je n'aurais jamais cru qu'elle prendrait cette histoire au sérieux, ou qu'elle s'imaginerait que je m'étais rangé aux raisons du Major.

— Marshdale comptait beaucoup pour elle. Sur la fin, elle n'osait plus faire confiance à quiconque.

— Excepté vous. Elle savait que vous ne le laisseriez pas tomber.

Dilys lutta contre les sanglots qu'elle sentait monter à sa

gorge et fut incapable de parler pendant un moment.

— C'est pourtant ce que je vais faire, répondit-elle enfin d'une voix étouffée.

— Non! Bryn m'a mis au courant de vos intentions. Vous n'avez pas à partir. Il faut que vous restiez.

— Avec ces ignominies que l'on raconte sur moi! Vous ne comprenez donc pas que ce serait la ruine de Marshdale?

— Pas si vous m'épousez.

Il prononça cette phrase si tranquillement, d'un ton si naturel, qu'elle crut d'abord avoir mal compris. Était-il encore en train de se moquer d'elle?

Il vint la tirer de sa chaise d'un élan irrésistible pour l'emprisonner dans ses bras si étroitement qu'elle sentit contre sa poitrine les battements sourds de son cœur.

— Pourquoi pas? lui murmura-t-il avec passion à l'oreille. Vous m'aimez, n'est-ce pas?

Le sang afflua au visage de Dilys. Elle ne put articuler un mot.

— Dilys! Regardez-moi! C'est de vous que Bryn parlait ce matin. Il prétendait que vous cachiez vos sentiments pour moi. Je comprends pourquoi, à présent. Oh! Dilys, si seulement je l'avais su!

Dilys se demanda si elle n'était pas prise d'hallucinations. Greg pressa sa tête contre sa poitrine avec une infinie tendresse.

— Il faut que je parte, Greg. Ils ne m'accepteront jamais, maintenant.

— Mais si, mon amour, fit Greg avec détermination. Je ne voudrais pas me vanter, mais si vous m'épousez, personne ici ne se permettra d'avoir le moindre doute sur votre respectabilité. Le Major et Caroline encore moins que les autres. On saura que tous ces bruits étaient mensongers, soyez certaine que j'y veillerai... Vous verrez qu'avant peu, deux propriétés seront mises en vente! Nous pourrons même faire une offre au Major, pour renverser les rôles! Je vous aime, Dilys! Je vous aime, aussi méfiante, critique, obstinée, ensorceleuse et folle que vous soyez! Et je vous préviens que je ne tiendrai pas un refus pour une réponse.

Elle sut d'un coup qu'il était sincère. Il l'aimait! Il voulait réellement l'épouser! Le cauchemar était terminé! Elle se haussa sur la pointe des pieds pour poser un baiser sur ses lèvres.

— Oh, Greg! Si vous saviez comme cela a été dur pour moi, de vous aimer en pensant que vous me haïssiez... J'ai dû frôler la dépression nerveuse, et j'avoue que je me sens encore très secouée.

Il la guida vers son lit et s'assit tout près d'elle, les yeux rieurs.

— Vous m'aimiez malgré ma prétendue noirceur! Et moi qui étais certain que vous m'aviez détesté au premier regard!

— Je vous trouvais grossier, arrogant et dédaigneux, répondit-elle en riant.

— Impardonnable! C'est vous qui étiez arrogante, querelleuse à l'excès... Vous êtes sure que ce Ralph n'est rien pour vous? C'est le seul commérage qui me tracasse... et que je trouve difficile à ne pas croire.

La honte envahit Dilys. Il l'avait vue avec Ralph, ce soir dans la voiture. Dire qu'elle avait risqué de perdre Greg pour cela!

— Je vous jure que les apparences sont contre moi. C'était... une erreur d'identité. Pendant une seconde, j'ai cru être dans vos bras. Ralph n'est pas à blâmer. C'est de ma faute, mais... Il ne s'est rien passé, ni ce soir-là, ni avant.

— Je vous crois d'autant plus que c'était inscrit sur son visage, ce soir. Mais j'ai été terriblement jaloux. J'ai décidé d'en avoir le cœur net et je suis venu vous attendre, en tremblant de la tête aux pieds à l'idée que vous pourriez me repousser. Bryn Powell aurait passé un mauvais quart d'heure demain matin, s'il s'était trompé sur vos sentiments à mon égard.

— Greg! Qu'allons-nous faire de Miss Tomlin? Elle ne m'acceptera jamais.

— Il faudra vous en séparer.

— Cela lui brisera le cœur. Si seulement nous pouvions trouver un arrangement!

— Une fois que nous serons mariés, vous ne pourrez peut-être pas vous occuper de Marshdale à temps plein. Vous devrez vous occuper de moi et de tous vos enfants... Mais Marshdale restera entre vos mains. Après notre mariage, nous autoriserons Miss Tomlin à vous remplacer!

Dilys se pelotonna contre lui.

— C'est la solution idéale, si elle accepte.

— Elle acceptera. Au fond, je sais qu'elle vous admire. Elle est très impressionnée par ce que vous avez fait pour Ted Lloyd, mais n'espérez pas qu'elle vous le dise!

— Ted! J'ai failli oublier de vous dire qu'il a demandé Julie en mariage et qu'il va travailler dans l'affaire de son père!

— Il n'y a rien de tel qu'un mariage ou deux pour distraire les gens...

Il s'empara de sa bouche avec une passion qu'elle n'aurait pas soupçonnée chez lui, et tout le corps de Dilys fut envahi d'une langueur et d'un bien-être presque insoutenables.

— Viendrez-vous faire votre tournée habituelle demain, docteur Lewis? lui chuchota-t-elle à l'oreille. Vous me manquez déjà...

— Absolument! Et nous leur annoncerons à tous la bonne nouvelle. Ensuite, nous irons acheter une bague de fiançailles et nous publierons une annonce dans le journal local, dit-il en riant. Voilà des années que l'on essaie de me marier, comme cela, tout le monde sera content! Et toi, Dilys, tu es heureuse, maintenant?

— Parfaitement heureuse, Greg, soupira Dilys, les yeux brillants de joie.

LE MOIS PROCHAIN DANS

SERIE BLANCHE

Nº 77

La fleur des maléfices

Esther Boyd

Nº 78

Portrait de mémoire

Sonia Deane

Nº 79

Un hiver à St Peter

Jane Andrews

Nº 80

Rappelle-toi

Jean Curtis

Harlequin, tout un monde d'évasion. Harlequin, tout un monde d'évasion. Harlequin, tout un monde d'évasion. Harlequin, tout monde d'évasion. Harlequin, tout un monde d'évasion. Harlequin, tout un monde d'évasion. Harlequin, tout un monde d'évasion.

INFOS SÉRIE BLANCHE... IN

DU NOUVEAU...

Série Blanche vous propose un mois de mars au Pérou!

Une fleur, une orchidée noire, a été donnée à Carol par le Dr Ian Morisson. La jeune fille la serre sur son cœur, un instant elle croit au bonheur. Pourtant les embûches l'attendent, on veut tout faire pour l'expulser du pays...

N'abandonnez pas notre héroïne et suivez-la au cœur de la jungle en lisant notre parution du mois de mars, Série Blanche n° 77.

SÉRIE BLANCHE... INFOS SÉ

Harlequin, tout un monde d'évasion. Harlequin, tout un monde d'évasion. Harlequin, tout un monde d'évasion. Harlequin, tout un monde d'évasion. Harlequin, tout un monde d'évasion. Harlequin, tout un monde d'évasion. Harlequin, tout un monde d'évasion. Harlequin, tout un monde d'évasion. Harlequin, tout un monde d'évasion. Harlequin, tout un monde d'évasion. Harlequin, tout un monde d'évasion. Harlequin, tout un monde d'évasion. Harlequin, tout un monde d'évasion. Harlequin, tout un monde

quin, tou
Harlequir
sion. Har
d'évasion.
monde d'
un mond
tout un m
quin, tou
Harlequir
sion. Har
d'évasion.
monde d'
un mond
tout un n
quin, tou
Harlequir
sion. Har
d'évasion.
monde d'
un mond
tout un n
quin, tou
Harlequir
sion. Har
d'évasion.
monde d'
un mond
tout un n
quin, tou
Harlequir
sion. Har
d'évasion.
monde d'
un mond
tout un n
quin, tou
Harlequir
sion. Har
d'évasion.
monde d'
un mond
tout un n
quin, tou
Harlequir
sion. Har
d'évasion.
monde d'
un mond
tout un n
quin, tou
Harlequir
sion. Har
d'évasion.
monde d'
un mond
tout un n
quin, tou
Harlequir
sion. Har
d'évasion.
monde d'

Une « Page Blanche » pour vous exprimer!

Pourquoi cette « Page Blanche »? Vous l'avez compris, c'est pour permettre à chacune d'entre vous de vous exprimer, et de nous dire en toute liberté ce que vous ressentez à la lecture des romans de la Série Blanche. Que pensez-vous des rapports qui s'établissent entre nos héros? Qu'auriez-vous fait à la place de telle héroïne, de tel médecin...

Cette « Page Blanche » nous la remplirons chaque mois à l'aide de vos lettres, de vos critiques, de vos compliments, de vos conseils et de vos suggestions.

Chaque lettre publiée vaudra à celle d'entre vous qui l'aura écrite... un très beau cadeau « Série Blanche »!

LA COMPOSITION, L'IMPRESSION ET LE BROCHAGE DE CE LIVRE
ONT ÉTÉ EFFECTUÉS PAR FIRMIN-DIDOT S.A.
POUR LE COMPTE DES ÉDITIONS HARLEQUIN
ACHEVÉ D'IMPRIMER LE 4 JANVIER 1982

Imprimé en France
Dépôt légal : 1er trimestre 1982
N° d'édition : B 73 — N° d'impression : 8143